Aistriú

Aistriú

SIOBHÁN NÍ SHÚILLEABHÁIN

Cló Iar-Chonnachta
Indreabhán
Conamara

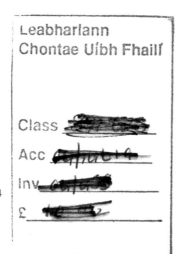
An Chéad Chló 2004
© Siobhán Ní Shúilleabháin 2004

ISBN 1 902420 38 1

Obair ealaíne an clúdaigh: Nicola Henley
Dearadh clúdaigh: Pierce Design
Dearadh: Foireann CIC

Bord na
Leabhar
Gaeilge

Tugann Bord na Leabhar Gaeilge
tacaíocht airgid do Chló Iar-Chonnachta

arts
council
schomhairle
ealaíon

Faigheann Cló Iar-Chonnachta cabhair airgid
ón gComhairle Ealaíon

Clóchur: Cló Iar-Chonnachta, Indreabhán, Conamara
Teil: 091-593307   **Facs:** 091-593362   **r-phost:** cic@iol.ie
Priontáil: Clódóirí Lurgan, Indreabhán, Conamara
Teil: 091-593251/593157

do Leo

Buíochas

Ba mhaith liom buíochas a ghabháil le mo sheana-chomharsa, Uinseann Ó Gairbhí, i mBaile Ghib. Bhí sé féin is a bhean chaoin, Neansaí, trócaire uirthi, fial fáilteach liom le gach aon tsórt cabhrach aon turas a thugas ar Bhaile Ghib. Mo bhuíochas chomh maith le Pádraig Mac Donncha agus a bhean, Mairéad, i Ráth Cairn as a stór eolais agus tuisceana ar an aistriú go Ráth Cairn a chur fém bhráid.

Ba mhór an chabhair dom léachtaí comórtha Ráth Cairn a bhí ar Raidió na Gaeltachta i 1985 fé stiúir Thomáis Uí Cheallaigh, agus a d'fhoilsigh Cló Iar-Chonnachta fé eagar Mhichíl Uí Chonghaile i 1986. Mo bhuíochas chomh maith le Coláiste na Tríonóide agus le hOllscoil na hÉireann, Baile Átha Cliath, as ligint dom dhá thráchtas BA fén ábhar, le Máire Ginnety agus le Bríd Ní Chinnéide, a léamh.

Ach thairis sin ar fad, mo mhíle buíochas leis na daoine difriúla i mBaile Ghib, i Ráth Cairn agus i gCorca Dhuibhne a roinn go fial liom a gcuimhní cinn féin. Cé gur scéal samhailteach atá sa leabhar so, tá bunús fírinneach lena lán eachtraí dá bhfuil ann, cé nach ar aon duine áirithe, beo ná marbh, atá aon phearsa ann bunaithe.

Ar deireadh, mo bhuíochas ó chroí le Deirdre Ní Thuathail agus le foireann Chló Iar-Chonnachta as ar chaith siad de dhua is de dhúthracht le scríbhinn an leabhair.

Réamhrá

I dtreo dheireadh an naoú haois déag bhí an bhochtaineacht a bhí in iarthar na hÉireann ag déanamh mairge do chumainn charthanachta, go háirithe. Bhí muiríneacha móra ag iarraidh slí bheatha a bhaint as an bhfarraige agus as cúpla acra de thalamh bocht, clochach. Bhunaigh Rialtas na Breataine Bord na gCeantar gCúng chun dul i gcabhair orthu sa bhliain 1891.

Dhein an Bord obair mhaith ag cur cúrsaí iascaireachta agus talún chun cinn, ag cur feabhais ar chéanna agus ar bhóithre agus mar sin de. Ceann de na scéimeanna a bhí acu ba ea comhluadair a aistriú ó thailte beaga cúnga san iarthar go dtí tailte eile a cheannaíodar ó thiarnaí talún nó a leithéidí. Nuair a fuair an tír ceannas ar a cúraimí féin sna fichidí luatha, thóg Coimisiún na Talún obair Bhord na gCeantar Cúng ar láimh agus leanadar den aistriú céanna. Ach bhí meath na Gaeilge agus cúngú na Gaeltachta ag dó na geirbe ag an Rialtas óg idéalach anois. Bunaíodh Coimisiún chun an scéal a scrúdú.

Ceann de na moltaí a dhein an Coimisiún ná go bhféadfaí leas a bhaint as an scéim aistrithe seo, ar mhaithe le leathnú na Gaeilge ar fuaid na tíre, trí choilíneachtaí Gaeltachta a aistriú go dtí na feirmeacha maithe i lár tíre.

Ach ar nós a lán coimisiún nach é, deineadh an taighde, foilsíodh na moltaí i mí an Mhárta 1925 agus b'in a raibh de thoradh air. Le hathrú Rialtais sna tríochaidí áfach, tháinig borradh arís fén smaoineamh. Bhí daoine óga fadradharcacha i gConamara a thosnaigh ag spreagadh a muintire chun a gcearta a éileamh. Go Conamara a dhíbir Cromail iad – ná raibh sé de cheart acu anois talamh maith lár tíre a fháil? Tháinig buíon fear ar rothair ó Chonamara go dtí an Dáil chun brú a chur ar an Rialtas. Cuireadh toscaireacht go dtí an

Taoiseach, Éamon de Valera, agus pléadh an scéal leis. Bhí fairsinge de thalamh breá díomhaoin i gContae na Mí. Tuige ná roinnfí é ar áitreabhaigh ghátaracha Ghaeltachta? Ghéill de Valera dóibh. Leag sé an cúram ar an Seanadóir Seosamh Ó Conghaile, Aire Talmhaíochta. B'in 11 Samhain 1932.

Ansan thosnaigh muintir na Mí féin ag cur na gcos uathu. Dar leo gur mó an ceart a bhí acu féin go dtí an dtalamh so ná mar a bhí ag aon duine ón dtaobh amuigh. Bhí sé acu ar féarach cheana féin, saor go maith. Ach nuair a iarradh orthu cé acu ab fhearr leo, talamh nó obair dhá bhliain ag tógaint tithe do na háitritheoirí nua, roghnaíodar an obair. Bhí an cogadh eacnamaíochta ar siúl. Bhí luach talún tite.

Sa bhliain 1935, d'aistrigh 27 dteaghlach ó Chonamara go Ráth Cairn i gCo. na Mí. Diaidh ar ndiaidh leanadh den aistriú – 13 theaghlach go Cill Bhríde i 1937, 50 teaghlach go Baile Ghib i 1937, 9 dteaghlach go Cluain Ghil i 1939 agus 23 theaghlach go Baile Almhain i 1940.

Baineann an scéal so le haistriú samhailteach líon tí ó Chorca Dhuibhne go Contae na Mí. Ní go Baile Ghib a cuirtear iad áfach, ach go dtí feirm den tsórt céanna leath slí idir Baile Ghib agus Ráth Cairn, mar a bhfuil comhluadar ó Chonamara ina gcomharsana acu.

Caibidil I

Táim i ngreim, i nguais, i ngaiste. Táim chomh gafa agus dá mbeadh ceangal na gcúig gcaol orm.

'Téir ina dteannta, déanfaidh sé maitheas duit,' a dúirt daoine liom, amhail agus go ndéanfadh saoire seachtaine taithí trian aoise a chealú.

'Nach leat atá an seans iad a bheith ag iarraidh tú a bhreith ina dteannta,' a dúirt daoine eile. 'Clann an lae inniu, is ag seachaint a dtuismitheoirí a bhíd.'

Bíonn daoine fial lena gcuid comhairle nuair is baintreach tú, ina sástacht, is dócha, nach iad féin atá id chás. Ná tuigeann siad go bhfuil an teannta is fearr ag bean i gceithre fallaí a tí féin? Ar nós an tslimire, ní raibh uaimse ach casadh ina chéile istigh im shliogán tí agus fanacht ann.

Ach ansan bhí an leanbh. Leanbh mo mhic. Céadghin na céadghine. Ag féachaint síos air sa bhascaed ba dhóigh liom ar uairibh gurbh é an t-aon duine amháin é a thuig conas mar a bhí agam. Ní raibh aon bhriathra folmha, seana-chaite aige á gcaitheamh liom, leithéidí 'Tiocfaidh feabhas ort leis an aimsir' ná 'Ní aithneoidh tú tú féin i gcionn bliana.'

'Tá tú ansan, a Neain,' a dúirt a gháire mantach chugham aníos. 'Aithním tú. Is maith liom ann tú.'

Agus ba leor san. Bog te i m'ucht agus mé ag coimeád buidéil leis, mhúch sé cuimhne leaca cruaidh fuar Tom. Ina chumhracht agus mé á phógadh, mhúch sé cuimhne na póige deiridh úd, an bréantas chugham amach mar bheadh as ionathar sicín. Níor bhlaiseas aon bhlúire feola ó shin.

Seachtain iomlán ina chomhluadar sa ghluaisteán, seacht n-oíche ina bhun i dteach ósta faid is a bheadh an lánú óg imithe amach ag rancás dóibh féin, ba dheacair é a eiteach.

Sea, do chuas ina dteannta. Agus anois féach conas mar a bhí agam, cos liom greamaithe idir dhá charraig, i lár motharchoille giolcaí.

An raghainn ina dteannta dá mbeadh a fhios agam gur ar an ndúthaigh seo a bhí a dtriall? Ach ní d'aon ghnó a thánadar ann. Do Mharc a tógadh i Sasana, agus d'Eibhlín a tógadh san Astráil, ba mhar a chéile gach aon áit ar an gcósta thiar. *The West* a dúirt an comhartha bóthair i gcóngar Bhaile Átha Cliath, agus b'in sin. Agus maidir liomsa, níor dheineas ach suí isteach i gcúl na cairte in aice le bascaed an linbh, agus ligint dóibh mé a bhreith leo ó theach ósta go teach ósta, mar a bheadh duilleog ag imeacht le gaoth, nó bád ag imeacht gan a stiúir.

Ag srúmataíl chodlata a bhíos tar éis lóin inné agus, pé liashúil a thugas amach trí ghloine an ghluaisteáin, chonac an sruth uisce ar dhá thaobh an bhóthair, agus go hobann, bhíos im leanbh ocht mbliana arís agus mé á fheiscint uaim síos trí ghloine thosaigh leoraí agus mé ag greamú Ghraindeá go heaglach.

'Cad tá ort, a Cheaite? Bog díom, arú!'

'An t-uisce, a Ghraindeá, féach an t-uisce go léir, ar an dá thaobh! An dtitfimid isteach ann? An raghaidh an leoraí ar míchothrom agus titim isteach ann?'

'Ní baol dúinn, a chroí, ní baol dúinn. Féach, an gcíonn tú uait sall na tógaintí móra agus spuaic séipéil tríothu?'

'Ab in é é, a Ghraindeá? An bhfuilimid ann?'

'Dhera, a shíofra beag, nach ait é tú! Mo mhairg go brách, a linbh, agus is fada uainn fós é. Sin é Trá Lí.'

Ar maidin, tar éis bricfeasta sa tigh ósta, dúrt leo go raghainn ar an dtráigh. Bhí an lá breá. Thugas liom mo chulaith snáimh, tuáille agus cúpla iris. Bheinn thar n-ais chun

dinnéir tráthnóna, a dúrt leo. Ach ní ar an dtráigh a chuas.
I m'ainneoin féin nach mór, i dtreo Bhaile an Tobair a thug mo
chosa mé. Bóthar cruaidh, dubh tarraigh. Smúit gheal, ghlan
a bhíodh ar na bóithre an uair sin, a bhrúfá romhat trí
do lúidíní.

Ag rith abhaile ón ngort i ngreim láimhe mo mháthar, sinn
araon ag caint is ag gáirí. Smiotaim mo lúidín ar chloch bheag
atá sa smúit i ngan fhios, agus screadaim. Tógann mo
mháthair ina baclainn mé, líonn an fhuil den lúidín agus
pógann í. Ina baclainn a thugaim an chuid eile den tslí, í ag
portaireacht dom. Ní foláir nó bhíos ana-bheag an lá san.
Cinnte, ní raibh Pól tagtha ar an láthair fós.

An chéad rud a bhraithim agus mé ag déanamh isteach ar an
mbaile anois ná an ciúnas. Ciúnas diamhair. Níl glór duine ná
tafann madra le clos agam, glágarnach chirce ná sileadh
séithleáin uisce, gáirí linbh ná glaoch gamhna óig ag lorg a
choda. Agus ansan, tagaim ar na tithe, a gcuid fuinneog dall
dúnta, líneáil ghorm ar na fallaí, fothraigh bothán gan cheann
ag titim isteach i ngabhal a chéile, fiailí ar na cosáin, agus i lár
an bhaile istigh, amalait ghránna suiminte ag clúdach an tobair
mar bheadh ochtapas aduain ann, a lapaí píopaí á síneadh
amach aige trí ghrinneall tirim an tséithleáin mar a mbímis ag
cur bád liostramáin ar snámh, agus ag dul i dtalamh
cliathánach le leac níocháin ár máithreacha. Ina liodán téann
ainmneacha na seana-chomharsan trí m'aigne: muintir Uí

Néill, Bhurke, Uí Loingsigh, Scanlain, na Ginneánna agus Seanachán ná feadar cén sloinne a bhí air . . .

Bhrostaíos liom go dtí an dtigh mór bán ar imeall thall an bhaile. Ba ar éigean a d'aithneoinn é. Bhí oiread eile curtha leis siar, carrchlós tarramhacadaim ag an mbinn mar a mbíodh an tanc suiminte uisce, faichí glasa chun tosaigh cóirithe le ceapóga bláthanna. Ní raibh aon phóirse galánta lán de gheiréiniamaí dearga os comhair an dorais gur chuimhin liomsa, ná cloigín práis le bualadh, ach an laiste a ardach agus siúl isteach.

Cailín óg a raibh srón gheancach na mBúrcach uirthi a tháinig 'on ndoras, í go piocaithe i ngúna breac samhraidh. Tugaim fé ndeara gur thug sí cosa na mBúrcach leis léi, gearra teann.

'*Yes?*' a deir sí go múinte, gáiriteach.

Ach do chonacsa Graindeá ag éirí chugham laistiar di agus 'Dhera, a Cheaite, Dé do bheathasa abhaile' aige, 'Aon scéal nua ón scoil?' Ní fhéadas labhairt leis an gcnapán a bhí im scornach.

'*You are looking for accommodation, perhaps?*' a deir sí. '*I am sorry, but we have no vacancies at the moment. I could recommend . . .*'

D'iompaíos uaithi agus chuireas díom go tapaidh i dtreo na trá. Ní bheadh ar an dtráigh ach cuairteoirí.

Cad leis go raibh súil agam? Go mbeadh an baile agus a dhaoine díreach mar ba chuimhin liom iad breis agus leathchéad bliain ó shin? Nárbh ait é mé! Ní raibh aon oidhre orm ach an Yeainc úd a bhí ag iarraidh a chur ina luí ar Thomás Ghinneá fadó go raibh buannacht aige féin ar bhothán na gcearc aige, mar gurbh é tigh a mhuintire é siar siar, agus gur chuir a shinseanathair san sa mhargadh nuair a dhíol sé é roimh imeacht as go Meiriceá dó. Mairg dom nár fhanas as an mbaile. Mairg dom nár fhág é fé mar bhí sé go dtí seo, cuachta istigh in íochtar mo chroí, fé mar bheadh sé fillte, fáiscthe i gCaipín an tSonais, an scaithnín úd a deirtí a thagadh ar an saol le bunóca áirithe . . .

Chuas ar an dtráigh. Do bhí cuairteoirí ar an dtráigh. Máithreacha óga á n-olú féin fén ngréin. Aithreacha óga ag imirt lena gcuid leanaí, mar a bheidís ag iarraidh neamart bliana a bhrú isteach i saoire choicíse. Chuas cruinn díreach 'on uisce. Bhog na buillí snámha an fáscadh as mo chroí. Ghlan gortamas an tsáile na deora as mo shúile.

Ar mo shlí thar n-ais go dtí mo chuid éadaigh thugas fé ndeara an mhotharchoill ghiolcaí uaim siar ar imeall na trá. B'ait liom í. Agus b'ait liom cá raibh an chúil charraigreach ba chuimhin liom a bheith sa treo san, iad mór ard, iompaithe isteach i gcoinne a chéile mar bheadh mná seáil ag cadráil go discréideach lena chéile sa tséipéal tar éis aifreann an Domhnaigh. Bhíodh tráigh fhairsing ghainimhe timpeall orthu, srúill uisce uathu sall, agus sall arís bhí sliabh agus portach mo mhuintire.

Ag imirt sa ghaineamh in aice leo a thugainn cuid mhaith den samhradh, agus mé ag aoireacht na mba a bhíodh uaim suas ar an sliabh, le heagla go raghadh ceann acu ar míchothrom i bpoll portaigh, nó ag bradaíocht ar shliabh Scanlain, nó ag rith leis an mbrothall amach ar an dtráigh. Agus nuair a bhínn féin agus Larry ag cnuchairt mhóna ar an sliabh, dheinimis tae dúinn féin i bpluais bheag a bhí thíos fúthu.

Bhuail fonn anois mé iad a fheiscint arís. Má bhíodar ann fós. Murar mionaithe, meilte a bhíodar mar bhunús leis na bóithre tarraigh. Ach conas a dhéanfainn mo shlí tríd an motharchoill ghiolcaí? B'fhéidir gur bogach a bheadh ann, nó níos measa fós, gaineamh súraic. Dhruideas anonn, agus ansan chonac go raibh slí cairte, slí tarracóra ba chirte a rá, isteach tríd siar, an pludach tirim cruaite ann. Bhí agam. Isteach liom.

Taibhsíodh dom gur i saol eile ar fad a bhíos anso, an ghiolcach mhór ard ar gach taobh díom, siosarnach ag siollaí ag gabháil tríthi, a chuir i gcuimhne dom iompó na mbileoigíní Aifrinn in éineacht ag an bpobal Dé Domhnaigh, an tAifreann ná rabhas ag dul air a thuilleadh. Ach cá raibh na carraigeacha?

Bhíos chun tabhairt suas agus iompó thar n-ais, nuair a thána orthu, cliathánach isteach leis an mbóithrín, agus ní mór ná go ngeibheas tharstu, bhíodar chomh híseal san. An amhlaidh ná rabhas á bhfeiscint a thuilleadh le súile linbh? An uair sin thaibhsíodar chomh hard le caisleán dom. Bhínn ag léimt ó cheann go ceann acu, mar a bheadh mionnán gabhair, ag sleamhnú trí phóirsí eatarthu, ag imirt 'tigíní' sa phluais úd thíos fúthu. Ach anois, bhí an talamh éirithe timpeall orthu, gaineamh séideáin na mblian ag tachtadh a gcuid póirsí, an ghiolcach féin ag brú isteach orthu go doicheallach, fé mar gur neascóidí cloiche a bhí iontu ar a cneas.

Go deas socair, dhreapas in airde go dtí an gcarraig uachtair. As so is fearr a bhíodh radharc agam ar na ba uaim suas nuair a chaithinn iad a chomhaireamh ó uair go huair.

Tá ba le feiscint anois leis agam, pé duine ar leis iad. Tréad mór breac acu, ach ní hé ár sliabhna ná sliabh Scanlain atá fúthu, ach faid mo radhairc de mhachaire mín, glas féir. Tá na sléibhte agus na portaigh, soir agus siar, draenálta, míntírithe. Thaitneodh san le m'athair. Ní raibh aon taithí riamh aige ar shliabh ná ar phortach. Cnoc agus caoirigh a bhíodh acu ar an gCluain Riabhach, agus talamh mín réidh chun curadóireachta. Sea, thaitneodh dealramh an mhachaire seo leis, feistithe agus fé mar atá sé mórthimpeall le staiceanna agus *wire*, díreach fé mar thaitneodh dealramh an tí bháin úd le mo mháthair, trócaire orthu araon.

Tá na goirt a bhíodh suas ón sliabh tógtha isteach leis sa mhachaire agus na bóithríní a bhíodh cliathánach leo, trína dtiomáinimis na ba go dtí an sliabh, a gclathacha ón dá thaobh beo le neadacha éan san earrach agus ag brúchtaíl le húrmhaireacht luifearnaí agus gairleoige sa tsamhradh, agus le cumhracht mhil na ngabhar. Agus mar a léimeadh Larry uaireanta ó chlaí an ghoirt ar dhrom cheann de na ba agus iad ag gabháil tríd an mbóithrín, agus mharcaíodh sé í go dtína íochtar. Ach ní ligeadh sé domsa é a dhéanamh in aon chor le heagla go dtitfinn is go bpasálfaí mé. Larry bocht, i gcónaí riamh im chúram!

Táim ag iarraidh na goirt dhifriúla a cheapadh anois sa mhachaire, Páirc an Iarla, an Pháirc Íochtair, Goirtín an tSlé'. Ach ina ionad san, aibíonn chugham an sliabh féin fé mar do bhíodh sé an t-am so den mbliain, lán de luachair agus de cheannbháin, de shailchuacha agus de chaisearbháin, agus d'iliomad bláthanna fiáine eile; agus de phoill phortaigh go mbíodh an spéir ghorm, gealsceadach le scamaill, ag sciorradh tríothu uaim síos, agus gur dhóigh liom dá dtitfinn isteach iontu go mbeinn ag imeacht liom síos, síos go deo, deo . . .

Cloisim arís an gleithearán a bhíodh ann lá déanta na móna, mar ní hamhlaidh a baintí móin i mBaile an Tobair, ach í a mhúnlú agus a cheapadh as bruscar fliuch móna a bhíodh caite aníos ar an bport. Móin fhite. Móin throm, dhlúth a bhí difriúil ar fad leis an stuaicín cnoic a chleacht m'athair ar an gCluain Riabhach. Bhíodh sé ana-shásta riaradh na hoibre an lá san a fhágaint fé Ghraindeá (agus dar ndóigh, thagadh oiread eile ansúd) agus níos sásta fós i ndeireadh an lae, móin na bliana a bheith leata amach ansúd ina sraitheanna slíoctha, sleamhaine, tomhaiste, le triomú ag gaoth agus ag grian, agus go bhféad sé féin aghaidh a thabhairt arís ar obair ghoirt.

Choinnítí mise istigh ón scoil an lá san chun cabhrú le mo mháthair bia a thabhairt ar an sliabh go dtí an meitheal oibre. Ag obair i measc na bhfear a bhíodh Larry, é dubh salach maidir leo, ar éigean a labhradh sé liom, agus nuair a chaitheadh sé é, a ghlór domhain, fearúil, garbh, anaithnid.

Agus ba chuma liom, ach bhíodh na fearaibh féin chomh muinteartha, do mo chur ag triall ar dheoch uisce ón dtobar, nó spré thine chun a bpíp a dheargadh, nó ag iarraidh eagla a chur orm, mar dhea, le heas luachra, agus mise ag ligint orm go raibh eagla orm. Cloisim arís búireach mearathaill na mbeithíoch agus iad á dtiomáint tríd an mbruscar fliuch móna a bhíodh leata ar an bport, anonn is anall, anonn is anall, iad á mheascadh agus á shuaitheadh lena gcosa, mar a mheascfá taos chun císte, fiántas ina súile, a n-anáil ag teacht ina saothar leo, pluda móna go ceathrúna orthu. Na fearaibh ar na cliatháin á dteanntú agus á dtiomáint thar n-ais, iad ag caitheamh breis uisce fúthu thall is abhus de réir mar ba ghá, iad cosnochtaithe, a mbrístí fáiscthe suas go dtína ngabhal, a loirgne loma, a ngéaga féithleogacha agus a n-aghaidheanna dubha smeartha ó phluda na móna. Soir siar, síos suas, anonn agus anall, tiomáintí na beithígh go dtí go mbíodh an bruscar bog, fliuch, somhúnlaithe agus chun sástachta Ghraindeá. É ina sheasamh cliathánach ag stiúradh na hoibre go húdarásach. Agus ansan thiomáinfeadh Larry leis na beithígh go dtí suaimhneas Ghoirtín an tSlé'. Agus raghadh na fearaibh anois isteach ina n-ionad, pluda fliuch móna go glúin orthu. An chéad fhear lena shluasaid ag leagadh amach iomaire fada, mín, caol, an tarna fear ina dhiaidh lena rámhainn ag scoilteadh an iomaire i dtoirt fód, an tríú fear lena bhuicéad uisce ag teacht ina dhiaidh san arís, ag ceapadh agus ag múnlú na bhfód lena dhá láimh fhliucha, go creathánach ar dtús, an pluda ag beobhogadh féna lámha agus ag úscadh trína mhéara, ag slíocadh síos ansan, agus ar deireadh, le bos eile uisce, ag cur bailchríoch shlím, shleamhain, ghléasmhar ar an bhfód. Leis an bhfear so a bhíodh formad agamsa. Deireadh na hoibre, staiceanna agus *wire* deilgneach á gcur timpeall ar an leithead fairsing d'iomairí móna chun é a chosaint ar ainmhithe, faid a bheadh na fóid ag triomú agus ag scoltadh óna chéile. Na fearaibh anois caite sa luachair, crúsca cré pórtair ag imeacht eatarthu, iad ag déanamh seoigh agus leibhéil, mugaí dubha pórtair i gcrobhanna dubha á n-ardú go dtí aghaidheanna dubha. An sliabh bláthdhathannach timpeall orthu ag doirchiú in ainneoin niamhracht bhuí-dhearg na spéire thiar . . . Graindeá ag míogarnach codlata sa luachair.

Ach áit eile ar fad ab ea an sliabh sa gheimhreadh, sa bhfuacht agus sa tsíorbháisteach. É fiáin, sceirdiúil, an luachair agus an fraoch agus an luifearnach rua gioblach, feoite. Agus sa gheimhreadh a thagadh na foghlaeirí. Thagaidís ar an mbaile i ngluaisteáin mhóra ón *Hotel* ag triall ar Scanlain, chun go dtreoródh sé iad ó shliabh go sliabh. Tríd an lá, chloisimis uainn put-put na bpiléar, arís agus arís eile, agus ansan tráthnóna, thiocfaidís thar n-ais le Scanlain agus bheadh lón acu ina thigh, lón a thiocfadh chuchu amach ón *Hotel* i mbascaed mór clúdaithe le héadach cláir geal. Agus faid is a bheidís istigh ag ithe, bheimisne amuigh ag gliúcaíocht isteach ina gcuid gluaisteán, agus chímis a gcuid málaí gualainne ann agus iad ag cur thar maoil le héanlaithe marbha: naosca, cearca fraoigh, lachain fhiáine, géanna fiáine fiú amháin . . . Agus bhínnse ag cuimhneamh, ní fheadar ar fhágadar aon ní, aon ní in aon chor, beo ar na sléibhte ina ndiaidh, nó cad chuige an t-eirleach? Ait é cuimhne chomh glé a bheith agam ar an dtréimhse sin, agus gur minic le déanaí a théim in airde staighre ag triall ar rud éigin, agus nuair a bhím in airde, bíonn sé dearmhadta agam cad a thug ann mé . . .

Ach tá mo thuras tugtha agam anso anois, a deirim liom féin, agus cheana féin ar Bhaile an Tobair, níl ach aon áit amháin eile romham: Cill Mhuire mar a bhfuil Graindeá agus Neain curtha, agus ansan féadfad bheith im chuairteoir stróinséartha arís. Chím uaim an reilig fé bhun Chnoc Leitreach, na leacacha geala thall agus abhus ann; ba dhóigh leat gur faoileáin iad ag fuaidreamh timpeall ar láthair dramhaíola. Tá sé chomh maith agam dul ann anois agus a chúram a chur díom. B'fhéidir go dteastódh ó Mharc agus ó Eibhlín cur chun bóthair go luath amárach.

Go deas socair deinim mo shlí anuas. Ach i ngan fhios dom, téann barra mo chuaráin greamaithe i log beag atá sa charraig, agus tógtar liom. Cliathánach a thitim, anuas ar charraig íochtair. Táim ana-shásta nach amach ar bhior mo chinn a théim, go dtugaim fé mo chos a tharrac chugham, ach tá sí greamaithe i scoilt idir dhá charraig. Níl an charraig thosaigh rómhór ach ní mise atá ábalta í a bhogadh. Tá beirthe orm. Táim gafa.

Ligim béic asam ag lorg cabhrach, seacht mbéic, ach sin a bhfuil dá bharra agam. Tá ciach orm anois ó bheith ag béicíl. Tá an tráigh thíos rófhada uaim, agus na cuairteoirí atá uirthi, cén nath a chuirfidís siúd i nglaoch i gcéin? Le taithí cathrach ligfidís thar a gcluasa é, agus thabharfaidís aire dá gcúram féin. An ngeobhfadh éinne chugham tríd an ngiolcach? Drochsheans! An tarracóir féin, tá tamall ann ó ghaibh sé an tslí seo, tá a rian cruaite calcaithe. Gheibheadh daoine go coitianta thar na carraigeacha seo fadó, ach ní raibh aon ghiolcach ann an uair sin, ach leithead mór trá síos amach go barra taoide. Cóngar a bhí ann dóibh idir an paróiste thoir agus an paróiste thiar, seachas gabháil timpeall fada an bhóthair lastuas.

Bhíos i nguais de shórt eile anso cheana, ach nár thuigeas san. Im shuí ar an gcarraig uachtair, in aois mo shé bliana a bhíos nuair a chonac chugham trasna na trá an fear, agus máilín ina dhorn, fé mar bheadh sé ag teacht ón siopa a bhí ar an mbaile thall. Nuair a tháinig sé im chóngar d'aithníos gur duine muinteartha le Scanlain a bhí ann, a chínn uaireanta ag teacht 'on tigh chuige.

'Heileo!' a deirim uaim síos.

'Dhera, heileo. Tú féin atá ann,' a deir sé, ag ligint a scíthe ar charraig íochtair. 'Ó, an brothall!' Chuimil sé a mhuinchille dá éadan. 'Cad tá ar siúl agat ansan in airde? Ná fuil aon eagla ort go dtitfeá?'

'Ní baol dom. Táim ag coimeád súil ghéar ar na ba. Tá an brothall ag cur orthu.'

'Bhuel, bhuel,' a deir sé.

Thóg sé oráiste amach as a mhála, agus thosnaigh á scamhadh. Bhí an boladh cumhra chugham aníos.

'An íosfá smut d'*orange*?' a deir sé, á scoilteadh óna chéile le lámha smeartha, súlach an oráiste ina bhraonaíocha salacha ag úscadh trína mhéara.

'Ní maith liom *orangí*, gura maith agat,' a deirim.

'Bhuel, bhuel,' a deir sé, 'is tú an chéad leanbh fós a chonac nach maith léi *orangí*.'

Seo leis ag súrac is ag cogaint, súlach an oráiste anois ag drithleadh lena smig.

'Ná tiocfá anuas agus suí anso in aice liom?' a deir sé ansan.

'Canathaobh?'

'Ó, faic arú, ach go mbeimis ag caint, gearrchaile beag deas mar tú. Bhuel, bhuel, cén t-aos tú anois?'

'Sé bliana go leith. Bead seacht mbliana Lá Samhna.'

'Bhuel, bhuel, agus cén rang ina bhfuileann tú?'

'An chéad rang. Bead ag dul isteach sa tarna rang ar an mbliain seo chughainn.'

'Féach anois. Bhuel, bhuel, is diail an gearrchaile tú. Ní fheadar anois, an íosfá . . . rud éigin eile?' agus seo leis ag tóch arís ina mhála. Tharraing sé aníos a dhorn dúnta agus shín amach é.

'Tomhais cad tá agam istigh ann,' a deir sé.

'Bulsaighe?'

'Tá sé tomhaiste agat! Bhuel, bhuel, is diail ar fad an

gearrchaille tú. Triail anois féachaint an bhféadfá teacht air. Cuirfidh mé aon gheall ná beir ábalta mo dhorn a oscailt!'

'Spáin dom ar dtús cén saghas é!'

Bheadh *caramel* maith go leor, bheadh páipéar air, ach más *gallonsweet* a bhí istigh sa láimh bhréan shalach san . . . 'Suigh anso in aice liom agus spáinfead. Ana-ghearrchaille. Anuas leat deas socair. Seachain anois agus ná tit. Tabhair dom do lámh. Anois buail fút ansan anois in aice liom. Ar scríobais do ghlúin ar an gcarraig sin? Spáin dom.' Leag sé an lámh eile ar chaipín mo ghlúine. Crobh cnapánach, méirscreach, ingne ramhra, dubha. Thosnaigh sé ag cuimilt mo ghlúine, agus ansan lastuas den nglúin.

Sceamh an madra, Seip. An Maolaí a bhí briste amach as an sliabh, agus í ag réabadh tríd an tsrúill, ceathanna braonaíocha á gcur aici os a cionn in airde leis an bhfuadar a bhí fúithi, an Droimeann ina diaidh, agus an Bhóín Dhearg agus na ba eile an sliabh anuas ar séirse.

Phreabas de léim ón gcarraig agus sall liom. Bhí an Maolaí anois ag tabhairt timpeall na trá uirthi féin, ach le cabhair Seip, d'éirigh liom na ba eile a theanntú sa tsrúill agus a chur thar n-ais suas amach ar an sliabh. Ansan thugas fén Maolaí. Bhí sí anois in imeall na taoide ag cogaint seana-chnáimhe go sásta di féin. Nuair a chonaic sí chúichi mé, chuir sí di an tráigh siar, ach tháinig Seip roimpi, agus le cabhair a chéile d'éirigh linn í a theanntú, agus í a chur thar n-ais ar an sliabh i dteannta na coda eile, agus cúpla iarracht den gcnámh a thabhairt sa rumpa di chun fios a béas a chur uirthi. Ach níor chuaigh an cúram i ngan fhios do m'athair a bhí ag gabháil d'fhéar i nGoirtín an tSlé.' Bhí sé chugham anuas agus saothar air.

'Is í an diabhal í, mhuis!' a deir sé. 'Bhí eagla orm ná déanfá an bheart uirthi. Nach breá nár chabhraigh mo dhuine leat, agus ná diail an deabhadh atá anois air!'

Bhí an fear fén am so an tráigh siar.

'Cad a bhí uaidh?'

'Faic. Bhí sé ag caint liom. Bhí sé chun bulsaighe a thabhairt dom.'

'A'raibh, anois? Cogar, ní dhein sé aon ní leat?'

'Ní dhein. Cad a dhéanfadh sé liom?'

'Ó faic, faic in aon chor. Ach . . . ná dúirt do mháthair riamh leat gan a bheith ag caint le stróinséirí?'

'Ach níorbh aon stróinséir é, a Dhaid, tá sé feicthe go minic agam ag teacht tigh Scanlain.'

'Cuma é anois, seo leat,' a deir sé, 'agus coimeád súil níos fearr ar na ba san. Ní fheadar ná go bhfuil tú ró-óg don gcúram.'

'Nílim, nílim, a Dhaid. Táim ábalta.'

Ach cuireadh Graindeá ag aoireacht im theannta as san amach. Mar gheall ar ar thug sé de chabhair dom leis na ba! Suite fén ngréin a bhíodh sé formhór na haimsire, a dhrom le teannta na carraige, a hata mór dubh tarraingthe anuas ar a shúile aige, agus é ina chodladh. Ach go mbíodh laethanta idir dhá néal go mbíodh sé go diail chun scéalta a insint. Eachtra Oisín i dTír na nÓg ab fhearr liom féin. Ní gheibhinn cortha choíche de.

Ait é, ag cuimhneamh siar anois air, ní maith a chuaigh sé d'Oisín bocht, ach oiread liom féin, teacht thar n-ais, agus féach gur charraig ba thrúig ainnise dúinn araon . . .

Sáim mo lámh síos cliathánach agus láimhsím mo chos. Tá sí ag at. Ní fheadar an mbeadh aon chnámh briste inti? Brioscaíonn cnámha le haois. Titim bheag sa ghairdín a bhris cos Ghraindeá fadó. Ná fuil ainmhí éigin, an madra rua, an ea, agus nuair a ghreamaítear cos leis i ngaiste, go ngearrann sé anuas an chos de féin lena fhiacla. Ach ní ainmhí mise. An áit a fhanfaidh an chos, caithfeadsa fanacht agus beidh thiar orm dá réir.

Nuair ná fillfead ar an dteach ósta anocht chun dinnéir beidh imní ar Mharc agus mí-shástacht ar Eibhlín. *'The least she might do is let us know in time she wouldn't be back,'* a déarfaidh sí. *'Where am I going to get a babysitter at this hour?'* Ach níos déanaí beidh imní uirthi sin leis.

Raghfar ar mo lorg, agus tiocfar ar mo chuid éadaigh ar an ngaineamh. Bhí an lá chomh breá san, níor dheineas ach mo gheansaí a chaitheamh thar mo chulaith snáimh ag teacht anso aníos dom. Ní tabharfar fé ndeara an geansaí a bheith in easnamh ná na cuaráin. Cuimhneoidh duine éigin go bhfacthas mo leithéid amuigh ag snámh. Ar an bhfarraige a bheidh súil gach éinne ansan. Ní chuimhneoidh éinne ar theacht ag cuardach anso aníos.

Déarfar os ard gur dócha gur taom éigin a fuaireas san uisce ach, os íseal, scéal eile a bheidh ann. Ina chroí istigh beidh amhras ar Mharc féin.

'She was depressed, you know,' a déarfaidh sé le hEibhlín.

'Well naturally, it's not even a year yet.'

'No, I mean really down. I've been telling her to get something for it from her doctor.'

'She always seemed okay to me. I mean, I wouldn't have left her in charge of Tommy if . . .'

'Oh, she adored Tommy. She wouldn't have done anything to him.'

'You mean . . ! Oh my God . . .'

Admhaím, bhí tamall ann, tar éis do Tom bailiú leis, agus ba bhreá le mo chroí dá mbuailfeadh tionóisc nó breoiteacht de shaghas éigin mé a d'ardódh chun siúil ina dhiaidh mé. Ní fhaca aon bhrí sa tsaol a thuilleadh. Ach tá snátha na beatha ag táthú ina chéile arís anois. A bhuíochas san, cuid mhaith, don bhfear beag. San éagóir a daorfaí anois mé.

Bheadh an tuairisc ar an raidió áitiúil maidin amárach. An

mbeadh a fhios ag éinne baint a bheith agam leis an gceantar? Breis agus leathchéad bliain. Ní foláir nó chuimhneodh seanduine éigin ar Bhreatnaigh Bhaile an Tobair. Breatnaigh a tugtaí orainn i gcónaí riamh; Murphy Mhicil Bhreatnaigh a thugtaí ar m'athair, an cliamhain isteach.

An cailín sin ar maidin go raibh srón na mBúrcach uirthi, déarfadh sí:
'Cuirfidh mé geall gurb í sin a tháinig 'on doras chugham maidin inné. Bhíos ag cur braillíní amach ag triomú nuair a chonac an geata isteach í. Cheapas gur eachtrannach de shórt éigin í, mar ní fhéadfainn an tarna focal a fháil aisti, ach í ag gliúcaíocht laistiar díom. Dá mbeadh aon tuairim agam cé bhí agam, ach canathaobh nár chuir sí í féin in aithne dom? Bhí deabhadh orm leis na brailliní mar bhí an lá go breá, ach fós thabharfainn isteach í agus dhéanfainn cupán tae di.'

Tá an ghrian ag ísliú léi siar, na scamaill ina lomra caorach ina diaidh. Is ait é ná tugann tú fé ndeara an spéir in aon chor i mbaile mór, de ló ná d'oíche. Spéir réaltanach na hoíche gur bhreá liom bheith á breithniú im leanbh, agus nuair a bhíodh an ghealach ag éirí de dhrom Chnoc Leitreach, ba dhóigh liom gur tine chnámh a bhí inti.

Nath a bhíodh ag Graindeá:

Oíche bhreá réaltanach spéireatach gan a bheith fliuch, agus dá mba ormsa a bheadh an bríste is fadó riamh a bheadh caora agam ón gcnoc.

'Sin é a dúirt bean an mhadra rua leis,' a deir sé.

'Conas a bheadh bean ag an madra rua?'

'Ná bíonn bean ag gach éinne?'

'Ach tá an ghráin dhearg ag mná ar mhadraí rua; bíd ag goid na gcearc uathu.'

'Arú, a shíofra beag, madra rua baineann atá i gceist agam, máthair na gcoileán. Nach ait é tú!'

'Ach bríste a dúraís; ní bhíonn bríste ar aon mhadra rua.'

'Ó, a Mhuire, a linbh, lig dom féin le do chuid construála. Tá codladh orm.' Agus tharraingeodh sé an hata mór dubh anuas ar a shúile agus raghadh thar n-ais a chodladh.

Beidh oíche mhór fhada anocht agam chun an spéir a bhreithniú go maith. Tá leoithne fhuar chugham aníos ón bhfarraige, í ag méadú, dar liom, ar shiosarnach na giolcaí. Peata lae a bhí ann. Tá na héanlaithe féin ag tabhairt isteach fén dtalamh. Leathfar anso mé. Is é sin, mura dtagann an taoide aníos agus mé a bhá.

Thagadh taoide rabharta. Líonadh sí aníos tríd an tsrúill, agus leathadh sí amach anso. Ó fhuinneog mo sheomra leapan, chínn an chúil charraigeach seo mar a bheadh oileán ina lár. Ina hoileán draíochta a shamhlaínn í, an mhuiríoch suite in airde uirthi, agus fé sholas na gealaí, 'í ag cíoradh a cuid gruaige le cíor óir isteach i mbáisín airgid,' mar a deireadh Graindeá.

'Ach cad chuige an báisín, a Ghraindeá?'

'Dhera, cá bhfios domsa san?'

'Cad a bhíodh sí ag cíoradh isteach ann? Búdaís? Sneá? Dreancaidí?' Ní raibh an DDT tagtha 'on ndúthaigh fós.

'Arú, lig dom féin, a Cheaite, le do chuid ceisteanna.'

Ach thuigeas dom féin ná beadh aon ní mar sin i bhfolt na muirí, gur dócha gur méarnáil éisc a bhí ann, iompaithe isteach ina cháithníní criostalacha . . .

Cé acu is measa, leathadh nó bá? Ach ní fúm a bheidh an rogha. Deirtear nuair a bhíonn duine i ndainséar báis, go ritheann a shaol go léir ar a radharc in aon neomat amháin. Bhuel, ní bheadsa i dtaoibh le neomat, dealraíonn sé.

Caibidil II

I dtigín Sheanacháin a chuala Ceaite an chéad thrácht ar *Mheath.* I measc na bhfear a bhíodh ag imirt cártaí ann istoíche.

'Ní fheadar an imríonn siad aon chártaí i *Meath?*' a deir Maidhc Néill.

'Ná bac le *Meath* anois,' a deir a pháirtí trasna an bhoird, 'ach coinnigh do mheabhair ar an imirt.'

A mháthair a chuir sall ann Ceaite le smut de bháirín breac, ach bhí de nós ag bean Sheanacháin, an Mhisusín, mar a tugtaí uirthi, cúram éigin a fháil duit le déanamh nuair a thiocfá isteach. Prócaí a líonadh le gaineamh i gcomhair choinnle na Nollag ab ea anois é. Jab deas, mar d'fhéadfá bheith ag éisteacht le caint na bhfear.

Níor thaitin cártaí leis an Misusín, mar is minic a d'éiríodh na fearaibh chun a chéile dá mbarr, ach níor fhéad sí aon ní a dhéanamh mar gheall air, mar is ar thaobh Sheanacháin den gcistin a bhíodh an imirt ar siúl.

Bhí an chistin roinnte ina dhá leath acu. Ní chífeá an teorainn, ach bhí sí ann. Ar thaobh Sheanacháin a bhí an bord, an chúits agus na cathaoireacha súgáin. Bhí boirdín beag ar an dtaobh eile ag an Misusín, agus cathaoir go raibh suíochán bog inti, agus cosa túrnálta fúithi. Eatarthu a bhí an tine. Bhí oigheann ag an Misusín agus grideall ag Seanachán, ach bhí sáspan agus citeal an duine acu.

'Deireadh na seandaoine riamh ná raibh aon fhear chomh maith as leis an bhfear ná raibh aon mhuirear air, mar go mbíonn sé ina pheata ag an mbean,' a deireadh Seanachán le seirfean, agus é ag déanamh a bhlúirín praisce dó féin sa tsáspan ar an ngríosach.

'A sheana-chroch shúigh, is chughatsa san,' a déarfadh an Mhisusín agus í ag corraí a sáspain féin ón dtaobh eile. 'Canathaobh go mbíonn siad mar sin lena chéile?' a d'fhiafraigh Ceaite de Ghraindeá. Ní hé ná bíodh sé féin agus Neain ag prioc preac ar a chéile go minic, ach ní bhíodh ann ach san. 'Ní fheadar,' a deir sé. 'Bhíodar san tamall, mhuis, ag briseadh na gcos i ndiaidh a chéile. Na mná fé ndear é, a déarfainn. Ní hí an Mhisusín a bhí riamh mar bhean mhic ó Nábla, máthair Sheanacháin. Ní raibh aon spré aici di, agus ina theannta san, ba mhór léi na gothaí a bhíodh fúithi; an phéacóg a thugadh sí uirthi, le seana-bhlas. Bhí an Mhisusín ina *monitor* tamall. Chaith sí fanacht ag baile ag tabhairt aire dá hathair. Sin é an taobh gur lean an t-ainm, Misusín, uirthi.

Ba é Seanachán mo sheana-pháirtí iascaigh, é féin agus Tomás Bhurke, trócaire air. Is cuimhin liom gabháil chuige oíche go raghaimis amach, agus is amhlaidh a bhí sé ansúd ar a chorraghiob cois na tine agus císte boise á chócaireacht ar an ngrideall aige dó féin.

Beidh moill bheag orm, a deir sé, dheineas ceann cheana, ach dhóigh sé orm.

Ní dhófadh, a deir sí féin ón dtaobh eile, dá dtabharfá aire dó, in ionad a bheith ag achasántaíocht ormsa.

Bhídís ag caint le chéile fós an uair sin. B'fhearr dóibh ná beidís mar is amhlaidh a bhí sí ag eascainí anuas air agus é ag dul amach an doras.

"Imeacht gan teacht ort!" aici agus, "Mar a bhfuil d'aghaidh nár thaga do chúl!"

Ar m'anam go rabhas ag breith chugham féin is mé ag tabhairt fén bhfarraige! Ach ansan nuair a chuamar ag triall ar Thomás Bhurke, cá mbeadh sé romhainn ach sínte cois na tine, piliúr féna cheann agus a bhean ag cur péire de stocaí geala bána ar a chosa. Bhí a chuid lóin ansúd réidh ina mháilín aici, agus goidé beannachtaí aici ina dhiaidh an doras amach. Ní foláir nó dhein na paidreacha an bheart ar na heascainí, mar ní chuamar 'on pholl, buíochas le Dia.'

Ach bhí insint eile ag Neain ar an gcúram. 'Seanachán féin fé ndear é,' a dúirt sí sin. 'Tháinig an Mhisusín ansan isteach ina cailín óg, ciúin, deas, támáilte. Ach bhí an tseana-*lady* lán den bhformad léi, nuair a chonaic sí chomh ceanúil agus a bhí Seanachán uirthi, agus dhein sí a bhféad sí chun toirmeasc a dhéanamh eatarthu. Aon fhear eile, chuirfeadh sé ina héisteacht í, nó neachtar acu, dul 'on tseomra di féin. Ach ag tógaint a páirte a bhíodh sé, más é do thoil é! Agus ansan, thosnaigh sé ar an ól, agus d'imigh an blúire talún, gort ar ghort chun díol as. Agus nuair a thagadh sé abhaile agus é ar deoch! Chíonn tusa anois é mín, macánta, ag imirt cártaí nó ag seinnt ar a veidhlín, ach dá mbeadh aithne agat air an uair sin!

'Agus an grá go léir a bhí eatarthu, cár imigh sé, a Neain?'

'Ó, bhuel, ní raibh riamh mór ná beadh beag arís.'

'Ó, a Neain, ní phósfad éinne go deo más mar sin a iompaíonn rudaí amach.'

'Pósfair, a chailín, pé duine atá i ndán duit a phósadh, dá mbeadh is gur thiar ar a chúl a bheadh a chaincín.'

Ní raibh de theacht isteach tigh Sheanacháin ach an pinsean, ach ní fhágadh muintir an bhaile aon easpa orthu. Na fearaibh a bhíodh ag imirt cártaí ann, is minic a bhéarfadh duine acu mála móna leis, nó leathphaca prátaí, agus chaithidís i dtóin an tí iad. An lá a bheadh an mháthair ar an mbaile mór agus go dtabharfadh sí abhaile iasc úr léi, shínfeadh sí cúpla breac rósta acu thar doras go dtí an Misusín.

'Féadfair ceann acu a thabhairt do Sheanachán.'

'Thabharfainn,' a d'fhreagródh an Mhisusín, 'dá mba dhóigh liom go dtachtfadh sé é.'

B'ait le stróinséirí an cúram. An *Pension Officer* a ghabh chuchu fadó, bhuail sé ina dhiaidh san ar an mbóthar le Marcus Bhurke.

'An tseana-lánú san,' a deir sé. 'An amhlaidh ná fuilid ag caint le chéile?'

'Is é mar tá acu san anois,' a deir Marcas, 'dá mbeadh sí sin ag scaoileadh amach an tae chuige sin, bheadh an tae an bóthar siar sara ndéarfadh sé sin "Stad".'

D'fhág sé an *Pension Officer* chomh dall agus a bhí sé riamh.

Ó na bailte timpeall formhór na bhfear a bhíodh ag imirt na gcártaí. Ní bhíodh de na comharsana ann ach Maidhc Néill agus Tomás Ghinneá. Ní théadh Graindeá i ngaire cártaí ón oíche úd fadó go bhfaca sé crúba an diabhail fén mbord ann, dar leis féin. I dtigh an Loingsigh a théadh an t-athair; páirtí dó i Sasana ab ea Muiris.

Bhí an chaint tosnaithe arís i measc na gcearrbhach, idir dhá chluiche.

'Ní hamhlaidh a bheadh aon chuimhneamh agat féin ar dhul go *Meath*?' a deir Seanachán anois le Maidhc Néill.

'Ní fheadar,' a deir Maidhc Néill. 'Ní fheadar cad deirim leis.'

'Dealraíonn sé go bhfuil talamh breá ann,' a deir Tomás Ghinneá. 'Thabharfainnse síos fé ar maidin dá raghadh sí féin.'

'Dhera, ná féadfá í a fhágaint ag baile agus bean eile a fháil i *Meath*,' a deir Seanachán.

'Sea, díreach, bheith ag imeacht eatarthu.'

'Níor mhór d'aon fhear beirt bhan,' a deir Maidhc Néill, ná raibh aon bhean aige.

'Tá tú chomh maith as mar atá tú, dá dtuigfeá é, agamsa atá a fhios,' a deir Seanachán.

'Bheadh beirt bhan *alright*,' a deir Tomás Ghinneá, 'ach dhá mhuirear le tógaint, sin scéal eile.'

'Dhera, ligint do de Valera iad a thógaint duit, fé mar a dheineann Marcas Bhurke.'

'Is maith é Burke. Tá *power* éigin ag an bhfear céanna, ní foláir.'

'An bhfuil sé ag cur isteach ar *Mheath*, ní fheadar?'

'Ara, ní chuirfeadh san de dhua air féin dul soir ag saighneáil do . . .'

'Ní gá dó é faid is atá *Dole* agus *Free Beef* aige.'

'Tabharfaidh Scanlain fé, déarfainn.'

'Tabharfaidh, gan dabht. Fómhar naonúr, lánú gan mhuirear!'

'Ní bhfaighidh sé é gan an muirear.' Bhí gach aon eolas ag Maidhc Néill.

'Chaill sé é nár thóg isteach oidhre fadó riamh.'

'Thógfadh dá bhféadfaidís teacht chun réitigh mar gheall air, ach iad araon ag iarraidh a dtaobh féin a thógaint.'

'Dhera, dá mb'áil leis cúpla geafar a thógaint isteach ó Bhurke, *tempory*, mar a déarfá.'

'Nó dá mb'áil leis Burke féin a thógaint isteach *tempory*.'

'Ní gá dó dul chomh fada le Burke in aon chor. Tá riar a cháis i mbéal an dorais aige.'

Cé ná ligeadh sí uirthi é, ní théadh cainteanna na bhfear i ngan fhios don Misúsín. Seo léi anois ag brostú Cheaite abhaile.

'Seo leat, seo leat, a chroí, críochnódsa féin iad san. Beidh imní ar do mháthair.'

'Cén áit é *Meath*?' a deir Ceaite leis an máthair nuair a tháinig sí abhaile. 'Bhíodar ag caint mar gheall air tigh Sheanacháin.'

'Cad a bhíodar ag rá mar gheall air?'

'Bhíodar ag fiafraí an mbeadh éinne timpeall ag dul ann. An mbeimidne ag dul ann?'

'Dhera, a ghliogaire, cad a bhéarfadh go *Meath* sinne? An bhfuil do cheachtanna déanta agat? Suas a chodladh leat, mar sin.'

Agus thóg sí chúichi Pól as an gcliabhán agus choinnigh buidéal leis.

Ar an gcúl-lochta os cionn na tine a chodlaíodh Ceaite, í féin agus Larry. Bhí an cúl-lochta iata isteach ag cuid de thithe an bhaile, ach níorbh fhiú leis an máthair san a dhéanamh, mar bhí tigh nua sa cheann aici. Ba bhreá le Ceaite an cúl-lochta. Bhí sé deas te ón dtine thíos, agus bhí radharc uait síos ar an gcistin agat as, agus an chaint a bhí ar siúl thíos le clos agat, istigh sa leaba féin.

D'fhan sí suite aniar sa leaba anois ag súil go dtiocfadh Larry abhaile go luath. Bhí an dá leaba buailte suas le chéile, agus ba mhinic a bheidís ag cadráil siar amach san oíche. Bheadh gach aon chuntas ag Larry mar gheall ar *Mheath*, anois go raibh sé istigh ón scoil. Agus d'fhreagraíodh sé i gcónaí a cuid ceisteanna. Larry a dúirt léi gach aon ní mar gheall ar Phádraigín. Ní luafadh éinne eile sa tigh go deo é. Cé ná faca sí riamh é – bhí sé caillte trí bliana sular saolaíodh í – ba dhóigh léi go raibh aithne aici air, bhí an oiread san cloiste aici ó Larry mar gheall air.

'Difriúil ar fad le Pól a bhí sé,' a dúirt sé, 'ceann geal, gléigeal air fé mar chífeá ar aingilín i bpictiúr beannaithe, agus é chomh ramhar. Rollaí feola ar gach aon phioc de, agus é i gcónaí ag gáirí, éirithe aniar sa chliabhán agus gach aon scartadh as. Go dtí go bhfuair sé an triuch. Thraoch an triuch amach é. Racht ar racht casachtaí, agus ar éigean a gheibheadh sé seans a anáil a tharrac eatarthu.'

'Canathaobh ná fuaireadar dochtúir dó?'

'Fuaireadar, trí huaire, ach ní raibh an dochtúir féin in ann aon ní a dhéanamh dó. Agus ansan, fuair sé niúmóine, agus ní raibh sé ábalta é a chur de . . . Ní fhéadfainn a thuiscint canathaobh go raibh an dath bán, bán air, agus é sínte i mboiscín geal ar an leaba, in ionad ina chliabhán féin. Agus gach éinne ag gol . . . agus Graindeá cromtha os a chionn agus é ag rá arís agus arís eile, 'Ó, bhó-bhó agus gur thugas ainm m'athar ort.' Sin é an fáth gur thugadar ainm cúl le cine ortsa agus ar Phól.'

Ní mór an cion a bhí ag Ceaite ar Phól. Ba mhór léi an aire go léir a gheibheadh sé óna máthair. Í i gcónaí ag gabháil dó, á chóiriú agus á bheathú, i gcónaí, i gcónaí ceangailte as.

'Á, ní tusa an peata a thuilleadh,' a deireadh daoine a thagadh isteach ar a thuairisc le Ceaite. 'Pól an peata anois.'

'Is í mo pheatasa i gcónaí í,' a deireadh Graindeá agus thógadh sé chuige ar a ghlúin í.

Dá mbeadh Graindeá sa tigh an lá úd ní imeodh an íde úd ar Mhímí.

Mímí, an bhábóg ghleoite a chuir Aintí Kate, deirfiúr a hathar, ó Mheiriceá go dtí Ceaite chun ná beadh formad aici leis an mbunóc a bhí tagtha 'on tigh, agus chuir sí liathróid pheile go dtí Larry chun ná beadh formad aige le Ceaite.

Bhí Mímí beagnach chomh mór le Pól, aghaidhín dheas chruinn uirthi agus pluca dearga, sróinín gheancach, beola beaga cumtha agus gruaig fhionnbhán ina méiríní siar síos léi a d'fhéadfá a chíoradh. Agus an t-éadach a bhí uirthi! Foléine agus brístín geal, cóta cáimrice, ansan gúna caithiseach de shíoda gorm go raibh ciumhais gheal lása laistíos leis, agus gófráil lása ar a rostaí agus timpeall an mhuiníl, agus é greamaithe laistiar le cnaipí, chun go bhféadfaí é a bhaint di agus a chur uirthi arís. Mar an gcéanna leis na stocaí geala bána a bhí uirthi, agus na bróigíní búcla dubha. Boladh suaithinseach Mheiriceá uaithi féin agus ó gach aon ní a bhaineas léi.

'Tá sí sin ródheas le tabhairt d'aon leanbh,' a dúirt Neain. 'Ba cheart í a chur mar sheó ar an ndrisiúr.'

'Go dtí Ceaite a chuir Kate í agus bíodh sí ag Ceaite,' a dúirt an mháthair. Ní bhídís riamh ar aon fhocal i dtaobh aon ní. 'Ach caithfidh Ceaite aire a thabhairt di. Anois, a Cheaite, níl aon chead agat í a thabhairt amach as an dtigh. Coinnigh ansan in airde fén leaba í ina boiscín féin, agus féadfair í a thógaint amach agus bheith ag plé léi ansan.'

Agus, sea bhíodh, í féin agus páirtí di ón mbaile, Máiréidín Bhurke. Thugaidís araon an tráthnóna ar an gcúl-lochta ag cur uirthi agus ag baint di, ag cíoradh a cuid gruaige agus ag cur ribín inti, á cur a chodladh i leaba bheag a bhí déanta acu di i seana-chiseáin, agus cuilteanna agus braillíní socair acu ann di.

Ní raibh aon bhábóg tigh Bhurke. Ní sheasódh bábóg, ná aon bhréagán eile ach oiread, dhá lá ann leis an scata a bhí acu féin ann. A gcuid bunóc féin a bhíodh mar bhábóga acu, á gcur ó bhois go bois. Bunóc nua gach aon tríú bliain. Níor chuimhin le Ceaite riamh Maggie Bhurke gan bolg mór a bheith uirthi, agus é ar crith nuair a thagadh racht gáirí uirthi. Bhíodh áprún seic tarraingthe trasna cliathánach aici air, agus is anuas air sin a ghearradh sí an bhollóg aráin. Níor chuimhin le Ceaite riamh an tigh gan hurlamaboc ag scata leanbh ann, an bord lán d'áraistí, tobáin níocháin in íochtar na cistine, cliabhán nó dhó in uachtar, ceirteacha linbh ag sileadh leis an gcroch, boladh géar sobail i ngach aon áit.

Dheineadh na leanaí a gcuid seoigh féin. D'iompaídís cathaoireacha bun os cionn, agus bhídís á sá timpeall na cistine mar a bheadh gluaisteáin – go dtí gur thit na cathaoireacha as a chéile. Chuiridís treabhsair agus geansaithe ar an dá mhadra ansan, agus chuiridís ag bruíon iad, go dtí go gcuireadh Maggie iad féin agus na madraí lasmuigh den doras. Thagaidís isteach arís tar éis tamaill, deas támáilte, ach ní fada go dtosnaídís ar chleasaíocht éigin eile arís.

Ba bhreá le Ceaite a bheith ina measc. Bhí an tigh chomh difriúil leis an dtigh cóirithe néata a bhí aici féin. Ach ó tháinig Mímí, is ar an gcúl-lochta ag imirt léi ab fhearr le Mairéidín a bheith.

'Tá dhá bhliain ag Máiréidín Bhurke sin ort,' a deireadh an mháthair, 'ná geofá páirtí eile duit féin? Tá do chomhaos féin, Beití Ghinneá ansan thall, gearrchaile deas macánta.' A thugadh gach aon tráthnóna thuas sa tseomra ag foghlaim a ceachtanna chun a bheith chomh maith lena deirfiúracha a bhí lasmuigh i gColáiste. Bhí Máiréidín aerach. Chun seoigh ab ea gach aon ní di. Bhíodh na súile beaga dubha aici coitianta ag léimt istigh ina ceann. Chuimhneodh sí ar aon ní, thabharfadh sí fé aon ní, chomh luath agus bhuailfeadh an smaoineamh í, gan aon chuimhneamh in aon chor ar cén toradh a bheadh ar an ngníomh.

Lár an lae a bhí ann ar an Satharn. Bhí Ceaite agus Máiréidín ar an gcúl-lochta ag imirt le Mímí. Chaitheadar bheith deas ciúin mar bhí an mháthair tar éis buidéal a thabhairt do Phól, agus é a chur uaithi in airde a chodladh i leaba Larry. Bhí Neain thall tigh Néill. Suite amuigh fén ngréin ar chlaí an bhaile a bhí Graindeá agus Seanachán. Ag déanamh císte aráin ar íochtar an bhoird a bhí an mháthair, réidh le cur ar an dtine nuair a bheadh an corcán prátaí a bhí uirthi beirithe.

An é go raibh Máiréidín cortha de bheith ag iarraidh

fanacht ciúin, nó cortha de bheith ag imirt le bábóga? Bhí an bhreis aoise aici ar Cheaite. Ach cé a gheobhadh cortha de Mhímí? Pé acu san é, phrioc an bheach Máiréidín.

'Téanam,' a deir sí, 'beidh cuileachta againn ar do mháthair. Caithfimid síos Mímí, mar dhea is gurb é an *bhaby* a thit uainn.'

'Ná dein, ná dein,' a deir Ceaite. 'Bhrisfí agus bhrúfaí Mímí!'

'Arú, ní baol di ar an urlár cré,' a deir Máiréidín. 'Agus féach, clúdóimid go maith í,' ar sise agus í ag casadh plaincéad timpeall agus timpeall Mhímí.

'Féach anois!' a deir sí go sásta, 'ní imeoidh aon ní uirthi! An bhfuil tú ullamh? Caithfeadsa í, agus béicfimid araon in éineacht: An *bhaby*, an *bhaby*! Mór, ard, anois.'

Agus b'in é a dheineadar.

Aghaidh sceimhlithe na máthar iompaithe chuchu aníos agus í ag tabhairt seáp fén mbundail a ghreamú, le lámha a bhí lán de thaos an chíste, í á ghreamú ar éigean, ach í féin agus é féin á dtreascairt trasna cathaoireach. Í sínte ar an urlár, an plaincéad á tharrac óna chéile aici, ceannaithe gleoite Mhímí nochtaithe chuchu aníos, uaill gháirí ó Mháiréidín.

'Féach anois, a Cheaite, ná dúrtsa leat? Níor imigh seoid uirthi!'

An mháthair ag éirí go mall ón dtalamh, dath an fhalla ar a haghaidh, scian ina dhá súil, an plaincéad á raideadh uaithi aici, greim ar chúl Mhímí aici, agus í ag tabhairt isteach fén dtine. Bladhm mhór, ardghlórach, anaithnid ag an dtine, boladh nimhneach anaithnid dóite, agus ansan, boladh na luaithe mar a raibh an corcán prátaí ar geirefhliuchadh, agus ag cur amach leis an teas éachtach obann so a bhí fé . . . Agus ansan an mháthair chuchu aníos an staighre, agus fuadar fúithi.

Ina dhiaidh san, bhí aithreachas ar an máthair. An é Graindeá a bhí ag gabháil di mar gheall air? An chéad lá eile a chuaigh sí ar an mbaile mór, thug sí bábóg eile abhaile go dtí Ceaite. Ach ní raibh aon bhreith aici ar Mhímí. Rud gránna tútach a bhí inti. Bhí a haghaidh maith go leor, ach bhí an ghruaig greamaithe isteach dá ceann, ní fhéadfá é a chíoradh ná aon ní, agus corp agus géaga boga éadaigh a bhí aici, agus an gúna ceangailte dóibh. Fiú amháin na bróga, agus na stocaí féin, ní fhéadfá iad a bhogadh di . . .

Bhraith Ceaite an t-athair ag teacht isteach thíos.

'Bhíodar ag cur síos tigh Sheanacháin ar *Mheath*, de réir dealraimh,' a deir an mháthair. 'Ní hamhlaidh atá aon chuimhneamh ag éinne timpeall ar dhul ann.'

'Ní chuala go raibh. Máirtínigh Chluain Riabhach, sin uile. Ní bhogfadh an diabhal féin muintir an bhaile seo. Dá bhfaighinnse an seans, mhuis.'

'Cad é? Aistriú síos ansan chomh fada ó bhaile? Caillfí leis an uaigneas Graindeá agus Neain.'

'Ó, ní thitfidh aon ní amach chomh tapaidh sin, má thagann a leithéid chun cinn in aon chor. Níl ann fós ach caint.'

'Ar nós an leictric agus an t-uisce. Mair, a chapaill agus gheobhair féar.'

'Bhuel, tháinig an créamaraí.'

'Tháinig, agus é in am aige teacht.'

'D'fhógair Scanlain na ba orm arís tráthnóna. Tá feistithe agam seacht n-uaire ar an gclaí sin, ach raghadh an Maolaí céanna in aon áit. An chéad aonach eile, mhuis.'

'An bhó is fearr bainne atá againn? Bíodh an diabhal ag Scanlain. Lig dó bheith ag fógairt leis. Trua nach é a leithéid a d'aistreodh go *Meath*, agus bheadh suaimhneas ag an mbaile.'

'Deir siad gur gá muirear a bheith ort sula mbeifeá ina theideal, ach ní chuirfinn thairis siúd é ná go mbeadh sé istigh air, agus an T.D. sin á chur ag obair aige. Dhá acra fichead de thalamh breá in aon leithead amháin.'

'Tá dúbailt anso aige, oiread linn féin.'

'Tá, scaipthe, agus a leath ina phortach, fé mar tá againn féin.'

'Tá móin aige as.'

'Tá portaigh le fáil thíos leis, de réir dealraimh.'

'Má tá *Meath* chomh maith sin, canathaobh go mbeadh sé á thathant ar ár leithéidíne?'

'Ní fheadar. Scéim éigin Rialtais.'

'B'fhearr don Rialtas an leictric a thabhairt dúinn nó an t-uisce, nó obair éigin don dream óg in ionad iad a bheith ag imeacht go Sasana . . . Nach fada atá Larry amuigh.'

'Beidh sé deacair é chur as an leaba ar maidin.'

'Téir go réidh leis, a Mhártan, níl sé ach cúig bliana déag.'

'Á, asal bán. Bhíos féin ag tuilleamh mo choda san aois sin. Róbhog atáim leis, sin é mar tá agam.'

Luigh Ceaite síos isteach sa leaba agus tharraing sí an t-éadach os cionn a cinn. Níor theastaigh uaithi a thuilleadh thíos a chlos. Ba ghránna léi an tslí a bhíodh an t-athair le Larry le déanaí. Agus iad chomh mór le chéile tamall, ag imeacht is ag teacht i dteannta a chéile ar aontaí, nó go cluichí peile, nó mar sin. Raghadh sí a chodladh. Chaithfeadh cúrsaí *Mheath* fanacht.

Caibidil III

Chomh luath agus a fuair Neain an pinsean, theastaigh uaithi turas a thabhairt ar an mbaile mór.

'Cad tá uait ann?' a deir an mháthair. 'Ná geobhainnse féin duit é?'

'Ó, gaimbí atá anois uirthi,' a deir Graindeá, 'na pinginí a bheith ag teacht isteach chúichi. Ní fios cá stadfaidh sí feasta.'

'Ní théann an scéal chomh fada leatsa in aon chor,' a deir Neain. 'Tá cúram orm ann agus mé féin is fearr a dhéanfaidh é.'

'Pé rud a gheibheann tú, ná dearmad a thuilleadh den stuif sin a fháil,' a deir Graindeá.

'Cén stuif?'

'An stuif sin a chuireann tú ar do chuid gruaige. Tá tú ag fáil liath orm.'

'Féach anois cé air a bhfuil an gaimbí ag teacht, agus é féin chomh liath le broc,' a deir Neain.

Cé go raibh sí críonna, críonna, agus a haghaidh lán de roicne, choinníodh sí ana-dheas í féin i gcónaí. Bean mhór ard, sciorta dubh uirthi agus áprún seic os a chionn, blús breac agus seaicéad, seáilín dubh ar a ceann agus a guaillí, agus é tarraingthe trasna chun tosaigh, agus snaidhm laistiar air. An lá a bheadh sí ag dul in aon áit, thabharfadh sí an mhaidin á cóiriú féin, ag cur snasa ar a bróga agus ag scuabadh a híochtair Dhomhnaigh agus a seál maith dubh. Dhá phéire stocaí a chuireadh sí uirthi féin, agus ní ón bhfuacht, ach gur chaol léi an dá chos a bhí fúithi. Agus bhí an raimheadas tógtha aici as guaillí seana-chasóg fear, agus iad curtha laistigh ar chliatháin a híochtair aici, mar gur chúng léi a cromáin.

'Mura bhféachfaidh siad orm féin, féachfaidh siad ar mo chuid éadaigh,' a deireadh sí.

'Ó, a Dhia Mhuire, ná deacair bean a chur amach!' a deireadh Graindeá nuair a bhídís ag feitheamh sa chairt léi maidin Domhnaigh. 'Ní bhéarfaimid ar aon Aifreann!' Ní deireadh an t-athair aon ní. Dá mba í an mháthair a bheadh ag cur moille orthu, déarfadh sé mórán, ach ó ba chliamhain isteach sa tigh é, bhíodh ana-ómós aige do Ghraindeá agus do Neain. Ní chuireadh sé a ladar isteach riamh sna hargóintí a bhíodh ag an máthair agus Neain le chéile. Ba chuma leis ach é a fhágaint ag obair sa ghort, agus greim bidh a bheith roimis nuair a thagadh sé abhaile.

Chuaigh Neain 'on bhaile mór agus nuair a tháinig sí abhaile, chuir sí beart beag casta i bpáipéar rua isteach sa chupard a bhí ag bun na leapa aici.

'Cad a cheannaigh sí?' a deir Ceaite leis an máthair.

'Cuma dhuit é, ní bhaineann sé leat.'

'Ach chonacaís é?'

'Gan dabht chonac, nach í mo mháthair í.' Bhí Ceaite chun 'Agus nach tusa mo mháthairse?' a rá ach bhí a fhios aici ná beadh aon mhaith di ann.

Bhí sí ag faire ar sheans a fháil éalú ar an gcupard i ngan fhios, ach ba dheacair é. Bhí an cúram nach mór dearmhadta aici nuair a chuala sí uaithi síos ón gcúl-lochta Neain agus an mháthair, maidin.

'Ní fearrde di, is dócha, a bheith i gcónaí casta ar a chéile istigh sa chupard,' a deir Neain. 'Is amhlaidh a thiocfaidh fuarbholadh uaithi, agus níor mhaith liom é sin.'

'Ó, a Mhuire,' a deir an mháthair, 'ná diail mar tá sí ag déanamh tinnis duit! Ní fheadar canathaobh duit í a thabhairt 'on tigh in aon chor, nó ab amhlaidh go bhfuil eagla ort ná féachfadh d'iníon féin id dhiaidh i gceart?'

'Á, anois, a Nóra, dúrt leat cheana nach in é in aon chor é, ach gur mhaith liom í a roghnú dom féin! Ach tá an lá inniu breá scuabach, dá leathfainn amach ar an dtor tamall í agus an ghaoth a ligean tríthi.'

'Ó dein pé ní is maith leat léi, ach b'fhearr liom ná cífeadh Graindeá í.'

'Dhera, má chíonn féin, rudaí nádúrtha na rudaí sin. Ó, tá go maith, leathfaidh mé í ar an gcrainnín sin sa chúinne thiar, laistiar de na copóga.'

Chomh luath agus a fuair Ceaite an seans, siar léi trí na copóga, agus cad a bheadh roimpi, leata ar an dtor, ach gúna mór fada donn agus beilt de chorda ramhar geal síos uaidh. Ansan a thuig sí. Bhí a leithéid feicthe cheana aici ar Sheán Néill nuair a bhí sé fé chlár. Aibíd na marbh.

'An bhfuil tú siúrálta gurb í atá ann?' a deir Máiréidín Bhurke.

'Sí. Téanam sall agus cífir féin í.'

Tháinig dhá shúil do Mháiréidín nuair a chonaic sí an aibíd. Ach ansan, thosnaigh na súile ag léimt ina ceann.

'Cá bhfuil do Neain anois?' a deir sí.

'Tá sí thall le Léan.'

'An bhfuil a fhios agat cad a dhéanfaimid? Cuirfeadsa orm an aibíd agus scanróidh mé muintir an bhaile léi.'

'Ná cuir barra méire ar an aibíd sin,' a deir Ceaite, 'nó maróidh mo Neain tú.'

'Ní mharóidh, mar ná cífidh sí mé. Ní raghaidh mé i ngaire tí Léan.'

Agus bhí an aibíd tarraingthe den dtor cheana féin aici agus a ceann sáite amach tríthi, ach bhí sí rófhada uirthi. Má tá, d'fháisc sí suas an bheilt uirthi féin agus tharraing aníos an t-íochtar os a cionn, chas an bheilt timpeall agus timpeall á greamú, chuimil dorn cré dá haghaidh, tharraing a cuid gruaige anuas ar a súile, agus chuir scaimh uirthi féin.

'Anois,' a deir sí, 'nach mé pictiúr an chéalacain a d'éalaigh ó Ifreann?'

Seo léi ag ísliú síos fé scáth na gclathacha, Ceaite ina diaidh aniar. Go tigín Sheanacháin a chuaigh sí ar dtús.

'Ó bhó-bhó,' a deir sí, caoineadh, mar dhea, agus shín sí a ceann isteach thar an leathdhoras.

D'éirigh scread sceimhlithe mná istigh. Níor fhanadar lena thuilleadh, ach cur dóibh go tapaidh go binn an tí.

'Ó, dá gcífeá an Mhisusín,' a deir Máiréidín, agus gach aon scartadh gáirí aici. 'Thit an cupa uaithi leis an scanradh, scread sí agus bhéic sí ar Sheanachán, agus trasna léi chuige . . . Shh éist leo. Táid ag caint le chéile arís!'

Timpeall go tigh an Loingsigh a chuadar ansan. Beithígh féaraigh a bhíodh ar an dtalamh ag Muiris, agus ní bhíodh aon deabhadh air ag éirí ar maidin.

Bhuail Máiréidín peilt ar an ndoras. Níor chorraigh éinne istigh. Peilt eile níos láidre agus peilt eile arís. Bhog boltaí istigh, agus d'oscail cliathán an dorais. Nochtadh Muiris sa doircheacht ann, coinleach féasóige air, a spanlaí caola cos síos óna bhástchóta.

'Ó bhó-bhó,' a deir Máiréidín, ach stad an t-olagón tapaidh, mar shín Muiris crobh amach agus ghreamaigh í. Máiréidín féin a scanraigh anois.

'Lig dom féin, lig dom féin!' a scread sí, agus í ag iarraidh í féin a tharrac uaidh, agus murach an cic a thug sí sa ghabhal dó, ní dhéanfadh sí an bheart.

'An bligeard!' a deir sí, agus saothar uirthi ag iarraidh teacht chúichi féin ag an mbinn thíos. 'Gearánfaidh mé le m'athair é.'

'Ara, chun seoigh a dhein sé é,' a deir Ceaite, 'mar sin d'aithin sé tú. Níl aon díobháil i Muiris.'

'Níl, is dócha. Fiafraigh de Scanlain é.'

'Cad tá i gceist agat?'

'Cuma dhuit é.'

Bhí an chaint cloiste ag Ceaite – conas mar bhí Muiris mór le Joanie, bean Scanlain, ach gurb é Scanlain a phós sí toisc dúbailt gabháltais a bheith aige . . . ach mar sin féin, go mbíodh sí mór fós le Muiris. Agus an uair úd a bhí sí san ospidéal don *appendix* úd, bhí cogar mogar ceart i measc na mban.

Chuala Ceaite Léan ag rá le Neain, 'Ar m'anam, mhuis, dá dtiocfadh súd chun cinn, go leanódh tranglam é.' Ní fhéadfadh sí aon bhrí a bhaint as an gcaint, agus toisc gur ag cúléisteacht a bhí sí, ní fhéadfadh sí aon cheist a chur mar gheall air.

Bhí Máiréidín tagtha chúichi féin.

'Téanam ort tigh Scanlain,' a deir sí, 'tabharfaimid scanradh ceart do Joanie.'

'Ná dein, ná dein,' a deir Ceaite, 'tá do dhóthain déanta agat. Fág thar n-ais an aibíd, más é do thoil é.'

Ach bhí Máiréidín curtha di sa rás arís, agus timpeall an chúinne, ní mór nár leag sí Tomás Ghinneá a bhí ag tabhairt béile prátaí abhaile ar a dhrom.

'Fóill, fóill, arú,' a deir sé, á cur uaidh amach. 'Ní hé lá an Dreoilín atá againn, ab ea? Cé atá agam anso? Th'anam 'on diabhal, Máiréidín Bhurke! Cá dtáinís suas leis an aibíd?'

'Sa teampall,' a deir Máiréidín go dána. 'Chuas síos isteach 'on uaigh ag triall uirthi! Anois bog díom, ní haon phioc de do chúramsa é.'

'Há há,' a deir sé ag féachaint sall ar Cheaite, 'tá a fhios agamsa cá bhfuairis í. Is í aibíd Narry í, nach í? Ó, dá mbeadh a fhios aici!'

D'fhéach sé síos an baile. 'Ab in í Narry a chím ag teacht?' a deir sé.

Scanraigh Máiréidín.

'Mar mhagadh atáim,' a deir sé ag gáirí. 'Ní hí atá ann.'

'Ní sceithfidh tú orm léi?' a deir Máiréidín.

'Ní dhéanfad,' a deir sé, 'ach cad atá tú a dhéanamh anois léi?'

'Í a chur thar n-ais ar an dtor, gan dabht. Ní hamhlaidh a ghoideas í.'

'Ach ná caithfear í a bheannú?

'Conas, í a bheannú?'

'Ó, im briathar go gcaithfidh an sagart í bheannú thar n-ais anois. Tá sí loitithe agatsa.'

'Ach níl seoid uirthi, féach,' agus seo í ag cuimilt rian smúite de mhuinchille na haibíde.

'Is cuma dhuit é. Tar éis ceap magaidh mar seo a dhéanamh di, is gá í a bheannú thar n-ais,' a deir sé go sollúnta, agus d'imigh sé leis.

Bhí Máiréidín ag breith chúichi féin anois. Bhí an sult imithe as an gcúram di. Conas, in ainm Dé, a bhéarfadh sí an aibíd go dtí an sagart, agus chaithfeadh sí a mhíniú dó cad a tharla, agus síntiús a thabhairt dó.

'Nílim chun é a dhéanamh,' a deir sí. 'Cad chuige? Aibíd a bheidh ag dul síos isteach san uaigh léi? Fágfaidh mé thar n-ais ar an dtor í, agus ní bheidh a fhios ag do Neain aon ní.'

Agus sin é a dhein sí, agus nigh sí a haghaidh sa tséithleán ón dtobar, agus chuir di abhaile. D'fhan Ceaite ina diaidh sa gharraí, ag breithniú na haibíde, fúithi agus thairsti, agus ag cuimilt di aon smál smúite a chonaic sí, go gcuala sí an bhéic uaithi siar.

'Dhera, a dhiairín, cén lapadaíl é sin ar siúl agat le m'aibíd bheannaithe? Má thagaimse suas leat, mhuis.'

Chaith Ceaite teitheadh.

Bhí tromluí ag Ceaite. Amuigh i naomhóg a bhí sí le Graindeá agus Seanachán, agus pé útamáil a bhí uirthi, thit sí amach aisti. Bhí gach aon bhéic aici sa bhfarraige, ach níor chuir Graindeá ná Seanachán aon nath inti, ach iad ag ainliú leo. Dhúisigh sí, agus bhí an mháthair cromtha os a cionn.

'Íosa Críost,' a deir sí, 'tá tú báite fliuch,' agus d'fhéach sí in airde mar a raibh an braon anuas ó cheann de na cearchaillí. D'ardaigh sí Ceaite amach as an leaba agus thug síos 'on chistin í, bhain di a raibh uirthi agus chas plaincéad as cliabhán Phóil go raibh boladh géar bainne uaidh timpeall uirthi. Ansan tharraing sí amach spréacha as an tine choigilte agus chaith cipíní orthu.

'Cad tá suas?' arsa an t-athair, é tagtha anuas ón seomra ina bhástchóta, ag cuimilt na codlata as a shúile.

'Téigh in airde ar an gcúl-lochta agus beidh a fhios agat,' a deir an mháthair go grod.

'An breoite atá an leanbh?' Neain tagtha aníos as an seomra.

'Breoite a bheidh sí, ina luí feadh na hoíche i leaba fhliuch bháite. Féach an creathán atá inti, tá sí leata. Agus anois ní lasfaidh an diabhal tine seo dom go dtéifinn braon bainne di. Ó, a Mham, cad a dhéanfaidh mé má gheibheann sí niúmóine as?'

'Fág fúmsa an tine,' a deir Neain. 'Téirse agus ullmhaigh corcán prátaí. Fan, is é an t-oigheann is tapúla.'

Prátaí, a deir Ceaite léi féin. Cad ab áil leo ag beiriú phrátaí an t-am so d'oíche?

Ach is amhlaidh a dheineadar leaba bheag as cuilteanna di taobh na tine, agus nuair a bhí na prátaí beirithe, chuireadar casta i bplaincéad iad timpeall uirthi, agus is gairid go raibh sí breá te. Stad an creathán.

I gcúinne na cistine a thug Ceaite an lá, peataíocht cheart á fáil aici. Bhí Pól ag fáil buidéil agus a cheirt á athrú, ach sin uile.

Is ann a thug sí an oíche sin, leis. Thit sí dá codladh luath. Níor bhraith sí Graindeá ná Neain ag dul 'on tseomra. Argóint idir an t-athair agus an mháthair a dhúisigh í.

'Ní rabhas ach ag tagairt don scéal,' a deir an t-athair, 'go mbeidh bus ag dul ann, éinne gur mhaith leis an áit a fheiscint. Peait an tSiúinéara a bhí á rá.'

'Peait an tSiúinéara. Cad a thug chuige sin tú?'

'Go socródh sé an poll san sa díon.'

'Fág uaim é.'

'Cad tá tú á rá?'

'Seacht n-uaire atá an fear céanna tagtha ag paisteáil na háite sin. Tá na cearchaillí sin lofa; tigh atá tógtha le dhá chéad bliain. Nílimse ag cur aon leanbh arís ar an gcúl-lochta san. B'fhéidir gur smut de bhíoma a thitfeadh orthu an chéad uair eile.'

Ciúnas, agus ansan lean sí uirthi. 'Tá Larry curtha síos agam le Neain agus Graindeá. Cá gcuirfidh mé í seo, ní fheadar. Isteach ina theannta chun cos, is dócha.'

Níor fhreagair an t-athair mar seo nó mar siúd.

'Anois, ná hadmhófá féin go bhfuilimid i ngátar tí nua,' a deir an mháthair.

'Ó, tigh nua, tigh nua is ea i gcónaí é agatsa. Ní raibh aon trácht ar thigh nua gur thóg na Gineánna ceann. An gcaithfimid i gcónaí bheith ag aithris ar na comharsana? Bhí an tigh tógtha acu san sular thit praghas na n-ainmhithe.'

'Bhuel, leanfaidh costas leis díon nua a chur ar an gcúl-lochta, agus tá *grant* le fáil ar thigh nua a thógaint.'

'An bhfuil tú siúrálta go bhfaighfeá an *grant*?'

'Geibheann gach éinne é.'

'An leor é? Tá adhmad éirithe ó shin.'

'I ndaoire a bheidh sé ag dul, agus má bheireann orainn geobhaimid cairde tigh Ghranby, táimid ag déileáil riamh ann.'

Ciúnas. Ansan an mháthair arís.

'Rud eile, dhéanfadh an tigh seo tigh maith ba agus bheadh áit ann don bhféar ar an gcúl-lochta.'

'Is fusa tigh nua ba a thógaint ná tigh nua muintire.'

'Á, a Mhártan, ba dheas liom tigh nua, mo thigh féin.'

'Tá do thigh féin agat. Mise an cliamhain isteach.'

'Ní thuigeann tú, a Mhártan. Is é seo tigh mo mháthar. Anso a rugadh agus a tógadh mé. Níor chorraíos riamh amach as. Uaireanta braithim ná fuil ionam ach leanbh fós.'

'Á, anois, a Nóra, cuir uaim.'

'Rud eile ansan. Tá a fhios agam nach maith leat bheith á tharrac chughat, ach Pádraigín – is dóigh liom dá n-aistreoinn isteach i dtigh nua go bhféadfainn é a chur as mo cheann. Gach aon uair a théim suas 'on tseomra san, chím an boiscín geal, bán ar an leaba ann.'

Lig an t-athair osna as. 'Bhuel, mar sin, ón uair nach foláir leat é, tá sé chomh maith againn scaoileadh fé, in ainm Dé,' a deir sé. 'Ní haon iontaoibh an chuid eile den díon ach oiread. Ceann stáin a chaithfear a chur air do na ba. Ach aon ní amháin, ná bí ag brath ormsa chun bheith ag tindeáil ar cheardaithe.'

'Ní bhead, ní bhead. Déanfaidh Larry é, agus beidh Graindeá timpeall. Agus coinneoidh mé féin súil ar an obair. Scóp a bheidh orm chuige. Tigh nua, amach ar fad ón mbaile, i nGort an tSeagail, abair.'

'Cad chuige Gort an tSeagail a lot leis? Ná déanfadh an Goirtín Uachtair an gnó, níl ann ach gaíon.'

'Ó, is cuma liom ach é a bheith suas ón mbaile, na botháin agus an útamáil a bheith uainn síos.'

'An Goirtín Uachtair?' a deir Neain. 'Bhí teist phúcaí riamh ar an áit sin.'

'Tigh agus daoine a bheith ann, cuirfidh sé an teitheadh orthu,' a deir an mháthair.

'Ach cad is gá aistriú as an tseana-láthair in aon chor? Ná féadfaí fallaí an tí seo a ardach, agus smut eile a chur in airde leis?'

'Agus cá mairfimis faid is a bheadh an tógaint ar siúl? I

dtigh na muc nó i dtigh na gcearc? Agus déanfaidh an tigh seo tigh maith ba.'

'Ach cad is gá aistriú amach ar fad as an mbaile.'

'Níl ann ach cúpla céad slat. Is fearr a réiteoimid le chéile, gan bheith i mbéal dorais ag a chéile. Agus sea is gaire a bheimid don dtobar. Nuair a thiocfaidh an leictric, féadfaimid an t-uisce a chur isteach sa tigh, *toilet* a bheith againn ann.'

'Nár lige Dia dhom é, chun go mbeadh gach éinne ag éisteacht liom ag cneadaigh istigh ann.'

'Arbh fhearr leat dul thar n-ais go dtí an seana-shaol agus cúib na gcearc a bheith istigh in íochtar an tí agat?' a deir an mháthair.

'Sea,' a deir Graindeá, 'agus an capall a bheith greamaithe ar thaobh an tí. Níor ghá dúinn aon staighre an uair sin, ach léimeadh ar a dhrom, agus as san in airde ar an gcúl-lochta.'

'Ní gá díbh bheith ag dul chun seana-bhróg leis,' a deir Neain. 'Níl ormsa ach nach maith liom bheith ag aistriú as an tseana-láthair. Níl sé seansúil.'

'Níl ansan ach piseoga,' a deir an mháthair. 'Ní thugann Mártan aon ghéilleadh do phiseoga. An Goirtín Uachtair, a deir sé sin.'

'Ó bhuel, má deir Mártan é.' Ní dúirt Neain a thuilleadh.

Tháinig Fear an *ghrant* chun an seana-thigh a bhreithniú. 'Teach maith,' a deir sé ag féachaint timpeall, 'tá sé socair go deas agaibh.'

Tháinig cuma shásta ar aghaidh na beirte ban.

'Bhuel, péinteáladh é i gcomhair na Nollag,' a deir an mháthair.

'Agus an t-urlár deas cré!'

Bhí Neain chun labhairt ach bhí an mháthair roimpi.

'Dá bhféadfá é a ní, fé mar dhéanfá le hurlár suiminte! Bím ag cuimhneamh ar a bhfuil de *germs* bailithe isteach riamh ann, TB agus gach aon ní.'

'Ní raibh aon TB sa tigh seo riamh,' a deir Neain go cochallach.

'Ach cá bhfios duit cad a bhí ar iompar ag daoine atá isteach agus amach. Agus bíonn fearaibh i gcónaí ag caitheamh seilí.'

Ghlan Fear an *ghrant* a scornach. Bhí cuma mhílítheach air. Ní hamhlaidh a bheadh TB aige sin, leis. Ach beag an baol gur chaith sé aon seile.

'Ach ná féadfá urlár suiminte a chur isteach,' a deir sé. 'Agus gan bacadh le tigh nua. Leanfaidh dua agus costas tigh nua, leis an ndeontas a fháil féin.'

'Sin é atáim féin ag rá leo,' a deir Neain, 'gan a bheith ag tarrac costais orthu féin. Le heagla bheith bocht, is fearr a bheith spárálach.'

Bhí Graindeá ón dtaobh eile den dtine, gan aon fhocal as, ach é anonn is anall lena mhaide sa ghríosach.

'Seomra síos, seomra suas, agus seomra eile ar an gcúl-lochta,' a deir Fear an *ghrant*. 'Triúr muirir, nach ea?' agus é ag breithniú na bpáipéar a bhí aige.

'Triúr – fós,' a deir an mháthair. 'Ach tá Larry isteach sna déaga, ní fada eile a fhéadfaidh mé í seo agus é féin a fhágaint in aon tseomra. Theastódh seomra leapa eile uainn agus smut de phóirse siar ón dtigh, caitheann gach aon útamáil a bheith anso istigh sa chistin againn.'

D'fhéach Fear an *ghrant* timpeall go gcífeadh sé an útamáil, rud ná raibh ann. Tar éis dinnéir ab ea é, agus bhí an chistin deas réitithe.

'Bíonn sé ann tráthnóna, nuair a bhíonn na ba á gcrú agus na gamhna á dtindeáil, agus mar sin,' a deir an mháthair go leithscéalach. Cheap Ceaite go luafadh sí conas a tugtaí an chráin isteach chun banbhaí a bheith aici, nó an gamhain óg a bheadh breoite, nó an peata uain chun é a choimeád te, ach ní dhein.

'Tá muiríneacha níos mó feicthe agam i dtithe níos lú,' a deir Fear an *ghrant*.

'Tá agus agamsa,' a deir Neain. 'Agus ní dhein sé aon díobháil dóibh, leis. Nach mór níos fiú clann an tí so go gcaithfidh siad a seomra féin a bheith acu.'

Ní dúirt an mháthair aon ní. Lean Neain uirthi. 'Agus ná beimidne ag bailiú linn sara fada, agus beidh do dhóthain scóip agat,' a deir Neain. 'Nach diail an chúngracht atá á dhéanamh againn ort!'

Lig an mháthair osna. D'fhéach Fear an *ghrant* ó Neain go dtí Graindeá, fé mar bheadh sé á mheas an fada eile a mhairfidís.

'Tá an tigh seo tais, agus is fada atá,' a deir an mháthair ansan, agus chuaigh sí le Fear an *ghrant* síos 'on tseomra go bhfeicfeadh sé an tslí go raibh an páipéar ag bogadh amach ón bhfalla thiar. Ansan thug sí in airde ar an gcúl-lochta é go bhfeicfeadh sé an áit go raibh an braon anuas.

'Tá sé feistithe againn seacht n-uaire, ach ní haon mhaith é,' a deir sí, 'déarfainn go bhfuil na frathacha féin lofa. Ní fhéadaim aon leanbh a chur a thuilleadh ann.'

Agus choinnigh sí ar an gcúl-lochta é ó Neain, faid is a bhí sí ag cur ina luí air an gátar a bhí le tigh nua.

Fuarthas an *grant* agus tógadh an tigh. Ach ní i ngan fhios don mháthair é. Samhradh brothallach a bhí ann, agus chaitheadh sí dinnéar a thabhairt do na ceardaithe, i dteannta cúraimí eile an tí a dhéanamh. Chabhraigh Neain léi, ach ní bhíodh aon stad uirthi ach ag canrán.

'Maith an scéal tú', 'Dá mb'áil leat gan é tharrac ort', 'Teaspach gan dúchas is deacair é a iompar' agus mar sin de. Bhíodh an t-athair ag gearán leis dá mbeadh cúraimí eile siar. Bhí sé leathlámhach sa ghort gan Larry. Ba bhreá le Larry bheith ag tindeáil ar na ceardaithe. 'Sin é an sórt oibre is fearr liomsa,' a deireadh sé, 'agus ní ag strácáil le talamh.'

Ní deireadh Graindeá aon ní, ach nuair a d'fhéadadh sé é, d'ardaíodh sé leis Pól as an tslí agus théadh sé ar fuaid an bhaile leis.

Bhíodh an mháthair leis ag coimeád súil ghéar ar na ceardaithe, rud nár thaitin leo. 'Petticoat orders, petticoat orders' a chloiseadh Larry á rá ag an saoiste leis féin nuair a d'imíodh sí.

Ceaite, áfach, ana-shaol a bhíodh aici féin agus Máiréidín i measc útamáil na tógála, ag déanamh caisleán sa ghaineamh, nó tigíní as na smuit adhmaid a bhíodh caite timpeall, nó isteach agus amach tríd na fuinneoga agus na doirse sa tógaint féin tráthnóna, nuair a théadh na ceardaithe abhaile.

Ar deireadh, bhí an tigh críochnaithe amach agus iad aistrithe isteach ann, tar éis do Neain é a bheannú le steall de mhaothachán. Cheap Ceaite go mbeadh a seomra féin aici, ach is isteach i seomra a tuismitheoirí a chaith sí dul, mar bhí an tríú seomra in airde lán fós d'útamáil an aistrithe. Bhí a sheomra féin ag Larry. Bhraith Ceaite uaithi an chadráil a bhíodh acu araon ar an gcúl-lochta. Bhraith sí uaithi an cúl-lochta féin leis agus cóngar na cistine ann, conas ná téadh aon ní thíos i ngan fhios di. Ach bhí an tigh nua breá solasmhar, glan, agus ní fada go gcuaigh sí ina thaithí.

Ainneoin na hútamála a lean an tógaint agus an t-aistriú, bhí éirí croí ar an máthair féin. Ba bhreá léi bheith ag taispeáint an tí do gach éinne a thagadh isteach, go háirithe an *stove* mór dubh a bhí curtha isteach aici in ionad na tine oscailte, rud ná raibh in aon tigh sa pharóiste ach i dtigh an tsagairt. Le seans a tháinig sí ar an *stove*. D'fheirmeoir mór síos thar cnoc a bhí sé ordaithe tigh Granby, ach briseadh amach é, agus bhí an *stove* á dhíol saor.

Neain áfach, bhí an ghráin aici air.

'Ó dá bhféadfainn tarrac leis an dtua ar an amalait sin,' a deireadh sí. 'Mo thine dheas mhóna gur bhreá liom suí isteach chúichi, gan aon ní ach bheith ag féachaint ar na lasracha.'

'Agus do dhrom leata aici,' a déarfadh an mháthair á freagairt. 'Ach tá teas ón *stove* ar fuaid na cistine agus ar fuaid an tí ar fad dá ndéarfainn é.'

Ach nuair a thagadh éinne isteach – 'Cad déarfá lenár *stove*, ná deas é?' a deireadh Neain. 'Ní bheidh boladh an deataigh ar fuaid an tí feasta, agus féach an gléas atá sna sáspain aige, seachas na seana-chorcáin throma dhubha go rabhamar marbh riamh acu.'

'Ach, a Narry, ná braitheann tú uait an tseana-thine?' a déarfadh duine éigin léi.

'Dhera, ná féadfaidh mé tine a bheith im sheomra thíos agam, más maith liom. Téanam ort síos go dtaispeánfaidh mé duit an t-ionad deas tine a chuir Nóra isteach ann dúinn, agus féach an poll a d'fhág sí sa bhfalla chun ár gcuid éadaigh a chrochadh ann. Agus an bhfeacaís an *back* atá againn chun útamála, díreach fé mar atá ag Seán a' tSiopa thoir. Agus an casadh a chuir sí sa staighre. Má thiteann leanbh anuas féin, stadfaidh sé sa chasadh.'

Stadadh Ceaite leis sa chasadh, ar a slí in airde a chodladh istoíche, lastuas den chasadh. Is é bhí anois aici in ionad an chúl-lochta. Ina lúib sa doircheacht, d'fhéadfadh sí bheith ag éisteacht lena mbíodh ar siúl sa chistin thíos. Bhíodh cuairteoirí ag teacht le bronntanais go dtí an tigh nua, Neain agus mórtas uirthi ag moladh leo, ach nuair a bheidís imithe, bheadh cúis ghearáin eile arís aici.

'Agus an t-urlár fuar suiminte sin! Cad a dhéanfair má thiteann Pól ar chúl a chinn ann? Níor chás do leanbh a bheith ag titim is ag éirí choíche ar an seana-urlár cré.'

'Ó mhuise,' a deireadh Graindeá, 'ná ligfeá do Nóra. Bean duine eile is ea anois í.'

'Ní théann an scéal chomh fada leatsa in aon chor,' a d'fhreagraíodh Neain. 'Is í m'iníon fós í.'

⚭

Léan is mó a bhíodh isteach is amach istoíche. Bhíodh uaigneas uirthi mar bhí Maidhc bailithe leis go Sasana arís.

'Tigh mar seo a bheidh againne, leis, fós,' a deireadh sí, 'nuair a thiocfaidh Maidhc abhaile.'

Tháinig Maidhc abhaile, ach ní ina aonar a bhí sé agus níor fhan sé an tseachtain féin. Ar a *honeymoon* a bhí sé, é féin agus Maisie, agus bhíodh muintir an bhaile ag déanamh leibhéil orthu ag imeacht sna garraithe ag pógadh a chéile.

Cailín dathúil dubh ab ea Maisie, go raibh éadaí ana-dheasa á gcaitheamh aici, agus sála arda.

'Ó, cailín maith í Maisie, más Sasanach féin í,' a deireadh Léan le Neain. 'Ná fuil sí ag foghlaim na Gaolainne uaidh? Is é an trua ná fanfaidís ar fad. Ó, ní deirim aon ní, ach bím ag paidreoireacht. Ach tá jab maith acu araon thall, agus cé a thógfadh orthu é fanacht tamall eile ag déanamh an airgid.'

Agus ansan de chogar: 'Ó tá clog ceart orthu. Ní fheacaís riamh a leithéid, iad ag ól tae as cupaí a chéile. Agus nuair a thagann siad isteach istoíche, ná baineann sé féin na buataisí anuas di agus cuireann uirthi a slipéirí. Nuair a chonac é, is é a dúrt ná: Dhá léan ar do chroí sa talamh, a Sheáin, agus is fada go ndéanfá a leithéid dom.'

'Ó, mhuise,' a deir Neain nuair a d'imigh sí, 'ná diail an

seana-bhlas ar Sheán bocht anois é, agus ba é an *glad* léi é a fháil lá dá raibh.'

Fuair Léan toradh ar a paidreacha, ní foláir, mar laistigh de bhliain, bhí scéala ó Mhaidhc go rabhadar ag teacht abhaile arís.

'Táid chun fanacht ar fad an turas so, a Narry,' a deir Léan agus éirí croí uirthi. 'Ó, buíochas mór le Dia! Ó tháinig an leanbh, ní fhéadann Maisie oibriú, agus tá a dhrom ag cur ar Mhaidhc ó fuair sé an titim san den stáitse. Ó, is fada le mo chroí go bhfeice mé an fear beag! Seán a thugadar air. Féach anois! Ainm a athar chríonna, an fear bocht, beannacht Dé lena anam. Ach an bhfeadraís, ba dheas liom an tigh a bheith péinteálta rompu.'

Péinteáladh an tigh ó bhun go barra, geal gléigeal. Péinteáladh an drisiúr agus na cathaoireacha craorag, dearg. Aon ní ach nár péinteáladh an cat féin a bhí cois na tine. Agus ní raibh an lánú óg tagtha dhá mhí nuair a phéinteáil Maisie gach aon ní thar n-ais, malairt dath . . . bhuel, nach mór gach aon ní . . .

'Ba chuma liom,' a deir Léan le Neain, 'ach an drisiúr, agus a gcaitheas de dhua leis agus de phéint! Trí chóta a chaitheas a thabhairt dó, agus na háraistí ina gcúil ar an mbord agam go raibh an phéint tirim. Cad deirir léi, ná go bhfuilid ina gcúil thar n-ais arís ar an mbord agam, agus í siúd agus stuif aici ag scríobadh na péinte ar fad anuas de. "Is deise a fhéachfaidh an t-adhmad féin fé na háraistí," a deir sí. An gcualaís riamh a leithéid? Ní deirim faic, áfach. Agus tá an gó céanna aici le pollaí an gheata amuigh, agus sinn ag cur aoil riamh orthu. An phlástráil go léir a chaithfidh teacht anuas dóibh, a deir sí, isteach go dtí an gcloch. Agus tá m'amadán de mhac ansúd agus casúr agus siséal aige ag déanamh rud uirthi, nuair ba cheart dó bheith ag obair sa ghort dó féin. Ar mo leabhar, a Narry, mura mbeadh go bhfuil tigh nua sa cheann acu go raghfaí ag gabháil d'fhallaí an tí féin agus an rud céanna a dhéanamh leo, bheadh sé ina thigh ba againn.'

Níl aon lá ná go mbeadh Léan isteach agus gearán éigin aici.

'Ach ní leath liom aon ní ach an leanbh. An gcreidfeá é, a Narry, ubh chruabheirithe a chonac í a thabhairt don leanbh bocht ar maidin! Chaithfeadh na seana-mhná a leithéid amach an doras, sula dtabharfaidís do leanbh óg é. Agus í ag tabhairt *bath* dó gach aon mhaidin! Ná bainfidh san an íle ar fad as a chraiceann? Is é dóthain aon linbh é a ní laistíos is lastuas. Agus ansan, sánn sí lasmuigh de dhoras sa phram é, agus gan a cheann féin clúdaithe, loigín a bhaithise ansúd nochtaithe.'

'Ach níl sé ag déanamh aon díobháil don leanbh, an bhfuil?' a deir Neain.

'Ní fheadar conas ná fuil, ach leanbh maith, cruaidh, láidir is ea é. Linn féin atá sé ag dul. Ní haon tSasanach é, ach go háirithe.'

'Arú, a Léan,' a deireadh Neain. 'Ná feic a bhfeicir. Lig tharat rudaí. Tá sí óg, ag foghlaim léi a bheidh sí.'

'Ó ní deirim aon ní ach . . .' a deir Léan.

Ba dheas le Ceaite Maisie. An chasóg ghleoite dhearg a bhíodh uirthi ag dul go dtí an tAifreann, agus an hata péacach, agus na sála arda, agus na stocaí síoda. Seálta dubha a bhíodh ar na mná pósta eile, fiú amháin iad seo a chaitheadh casóg dá mbeidís ag rothaíocht go dtí an tAifreann, bheadh an seál sa bhascaed chun tosaigh acu le cur orthu os cionn na casóige ag dul isteach 'on tséipéal. Ba dheas léi bheith ag imirt leis an m*baby* a bhí aici, na héadaí deasa a bhíodh air, agus an boladh deas púdair a bhíodh uaidh.

'Tá chuchu arís,' a deir Léan le Neain lá. 'Ná déarfá ag teacht chugham anall ó Shasana go mbeadh na pleananna acu. Ó, ní dúirt sí aon ní liomsa, ach chímse ag cur amach ar maidin í. Ní deirim aon ní ach . . .'

'Cad tá chuchu?' a deir Ceaite le Neain nuair a d'imigh sí.

'Cheapas go rabhais ag déanamh do chuid ceachtanna,' a deir Neain. 'Ach bíonn do chluas le héisteacht agat le cúraimí ná baineann leat.'

'Tá mo chuid ceachtanna déanta agam.'

'Seo leat mar sin agus tabhair isteach uisce na maidine.' As an tobar a gheibhtí uisce an tae i gcónaí. Ó tógadh an tigh nua, bhí tanc suiminte curtha ag an mbinn ina mbailítí isteach uisce an dín, agus bhíodh sé oiriúnach chun gach aon tsórt cúraim eile. Cé ná raibh oiread gá leis anois, bhíodh an mháthair ag dul chomh minic céanna lena ceaintín go dtí an dtobar, mar is ag an dtobar is mó a bhuaileadh mná an bhaile lena chéile chun dreas cadrála a bheith acu. Sin é mar a chuir Maisie aithne ar na mná eile; bhíodh sórt scátha uirthi fós bheith ag imeacht ó thigh go tigh. Gheibheadh sí *magazines* uaireanta óna deirfiúr i Sasana, agus thugadh sí dóibh iad. Agus cé go mbídís i bhfolach ag Maggie Bhurke, thagadh Máiréidín suas leo, agus ba bhreá léi féin agus Ceaite bheith ag imeacht tríothu, agus iad luite sa bhféar a bhí anois in airde i lochta an tseana-thí.

'Nuair a bheadsa mór,' a deir Máiréidín, 'raghaidh mé go Sasana, agus beidh mé im *mhodel* ann.'

'Cén rud *model?*'

'A óinsigh, ná feadraís faic? Féach, beidh mé ar nós í sin ansan sa phictiúr san, caol tanaí. Agus beidh *fur coat* agam agus bráisléadaí, agus pósfaidh mé *millionaire*, ach ní bheidh aon *bhaby* agam.'

'Canathaobh?'

'Mar ní fhéadfainn bheith im *mhodel* agus *baby* a bheith agam. Chaithfinn bheith deas tanaí i gcónaí.'

'Tá Maisie tanaí agus tá *baby* aici.'

'Tá anois, ach ní fada a bheidh. Tá sí ag fáil *baby* eile.'

'Cathain? Anocht? Tá Maidhc ag dul ar an dtráigh anocht?'

'Cén tráigh? A óinsigh, ná feadraís faic? Ní ar an dtráigh a gheibhtear *babies*.'

'Cá bhfaightear iad, mar sin?'

'Á, cá bhfaightear gamhna óga, coileáin, piscíní? Tabhair dom na *magazines* go tapaidh, chím mo Mham ag dul amach. Anois an t-am agam iad a chur thar n-ais i ngan fhios di,' agus bhí sí imithe.

'Ní deirim aon ní,' an port a bhíodh ag Léan i gcónaí. Ach nuair a fógraíodh na *Stations* tigh Néill, ar sise:

'Ó, a Narry, a chroí, chaitheas labhairt. Aifreann sa tigh a deir sí, cad chuige? Ná fuil Aifreann sa tséipéal gach aon Domhnach, agus gach aon mhaidin den tseachtain d'éinne gur mhaith leis dul ann? Theastaigh uaithi go raghadh Maidhc go dtí an sagart agus iad a chur uainn go dtí tigh éigin eile. Ó, a Mhaidhc, arsa mise leis, lig chugham isteach Aifreann Dé. B'fhéidir gurb é an ceann déanach agam sa tigh é. Agus an fear bocht, níor thug sé an t-eiteach dom. Ach bhí smuilc uirthi féin. Conas a fhéadfadsa bheith ag péinteáil agus ag socrú an tseana-thí seo, agus an tslí atá agam, a deir sí, agus cad chuige bheith á phéinteáil agus gur gairid go mbeimid ag tógaint tigh nua? Ní gá dhuitse faic a dhéanamh, a dúirt mo Mhaidhc bocht, déanfadsa féin gach aon ní.'

Agus an tseachtain ina dhiaidh san,

'Ó, mo ghraidhin é Maidhc bocht, tá sé tugtha. Chaith sé na fallaí a phéinteáil, bhíodar lán de rianta méar ag an leanbh, agus dá gcífeá an dath deas a chuir sé orthu. Ach ansan bhí cuma shalach ar an tsíleáil, agus chaith sé é sin, leis, a ghealadh. Agus anois an t-iarta. Níl an phéint ag triomú in aon chor air. Dúrtsa leo gur mar sin a bheadh mura dtabharfaidís sciomradh roimh ré dó le *washing soda*, ach ní dhein sí féin ach an t-éadach a chuimilt dó, agus tá a rian air.'

Agus ansan, trí lá roimh na *Stations*, chuaigh Maidhc agus thug bunóc abhaile ón dtráigh leis. Nárbh é am dó é a dhéanamh, agus anois chaith Maisie fanacht sa leaba ag tabhairt aire dó. Ba é an chéad bhunóc ar an mbaile é ó tháinig Pól agus bhí gleochas ceart ann mar gheall air. Tháinig an mháthair agus Joanie Scanlain agus Máire Ghinneá, agus Maggie Bhurke, agus chríochnaíodar suas eatarthu aon ní a bhí le déanamh do na *Stations*. Agus bhí laochas ceart ar Léan suite i ndeireadh na cairte ag tabhairt an linbh chun baistí.

'*What's the big hurry?*' a dúirt Maisie. 'Ná féadfadh an sagart é a dhéanamh ag na *stations?*'

Ach níor tugadh aon ghéilleadh di an turas seo.

Caibidil IV

An oíche roimis na *Stations*, bhí Léan anall arís agus anbhá
ceart uirthi. Ar éigean a bhí sí ábalta labhairt.

'Ní haon ní atá ar an leanbh, arú?' a deir Neain.

'Ní hea. Í féin. Ó, cad a dhéanfaidh mé? Teastaíonn uaithi
éirí anuas chughainn ar maidin.'

'Ar mhínís di mar gheall ar an gcoisreacan?'

'Ní chualaigh sí riamh trácht air, a deir sí. Ab amhlaidh
nár coisricíodh in aon chor tú i ndiaidh Sheáinín? a dúrt, agus
mo chroí im bhéal agam, ná feadar an raibh an leanbh baistithe
féin acu. Ní fheadar, a dúirt sí, agus is cuma liom cé acu.
Labhras le Maidhc, ach sin a raibh dá bharra agam. Is í bean
an tí í, a deir sé, canathaobh ná beadh sí ann má bhraitheann
sí ábalta chuige í féin? Ach bean gan choisreacan, a deirim
leis, i measc na ndaoine ag an Aifreann, agus ag friotháilt ar an
sagart . . . Ná fuil sé ráite riamh: bean gan choisreacan, ní
fearrde an talamh ar a siúlann sí. Ach ní dhein sé ach a cheann
a chroitheadh, agus bualadh an doras amach uaim. Ó, cad a
dhéanfaidh mé, cad a dhéanfaidh mé?' a deir Léan go cráite.

'Ná dein faic,' a deir Neain.

Ach maidin na *Stations* féin, ní aithneofá aon chrá uirthi,
ach í suite sa chúinne déanta suas, is í ag meangadh is ag gáirí
le gach éinne a thiocfadh isteach.

Bhí Ceaite ag faire ar Mhaisie, féachaint an gcífeadh sí aon
athrú inti toisc í bheith gan choiscreacan. Bhí sí ábhar
mílítheach, agus ní raibh an gléas céanna ina cuid gruaige agus
a bhíodh, ach thairis sin . . . Agus bhí na comharsana ar fad
chomh muinteartha cainteach lena chéile, fiú amháin Joanie
Scanlain agus Máire Ghinneá go raibh focail eatarthu an
tseachtain roimhe sin, mar go gcuaigh géanna Mháire

ceangailte i stáca coirce Joanie. Agus bhí an tigh chomh deas, tine mhór chraorag thíos, agus gach aon ní réitithe, péinteálta. 'Ó, an t-uaigneas a chuir sé orm,' a dúirt Neain nuair a tháinig sí abhaile. 'An tine bhreá oscailte, agus an t-urlár deas cré. Nuair a chuimhníos ar mo sheana-thigh deas féin, agus na ba istigh ann!' Lig sí osna. 'Is dóigh liom go sínfidh mé tamall, a Nóra, táim cortha. Tamaillín beag, sin eile.'

Ach níor éirigh sí go dtí aimsir dinnéir lá arna mhárach. Maicréil úra a bhí chun dinnéir. Bhíodh Neain scufa chuchu riamh, ach ní túisce a bhí ceann ite aici anois, ná chuir sí amach arís é. Má tá, ní ar an maicréal a bhí milleán aici, ach ar an *stove*.

'Ná breá a réitíodh sé liom nuair a chuirinn trasna ar an dtlú dom féin é sa tseana-thigh?' a deir sí, 'Bhaineadh an ghríosach dhearg an bhreis méathrais as, seachas an *stove* diail sin!'

Ní fada ina dhiaidh san go raibh bianna eile, leis, ag cur casadh aigne uirthi.

'Canathaobh go bhfuil an niamh bhuí sin trí mo chraiceann?' a deireadh sí, ag féachaint uirthi féin sa scáthán. 'A Nóra, an mbeadh aon bhuidéilín agat a chuimleoinn de m'aghaidh. Ní maith liom an chuma atá orm.'

Ansan tháinig an laigíocht, agus chaith sí an leaba a thógaint.

'An diabhal go bhfuil sí imithe ar *strike* orainn,' a deir Graindeá.

'A Dhaid,' a deir an mháthair, 'breoite atá Mam.'

'Dhera, cad a bheadh uirthi, bean nár thug an tarna lá riamh ar an leaba, ach nuair a bheadh rud beag aici ar leithligh. Agus b'fhada léi a bheadh sí ann an uair sin féin. Bhí sí sin chomh láidir le capall, arú. Thabharfadh sí leathmhála móna í féin ón sliabh ar a drom níos túisce ná chuirfeadh sí mise ón ngort chuige.'

Ag cur síos mar sin a bhíodh sé leis na gaolta a thagadh ar thuairisc Neain. 'Dhera, má bhailíonn sí léi féin, nach fuiriste dom bean eile a fháil!' a deireadh sé, ag déanamh cuileachta leo. 'Tá Neillí Shéamais ansan thiar, ba mhaith léi aici mé. Agus Máiréad Bhilly ansan thuaidh, bhímis mór le chéile fadó, agus tá spág mhaith sa stoca aici sin, leis, i ndiaidh Bhilly.' Agus thosnaíodh sé ag portaireacht:

Dia linn a Sheáin, a dúirt sí, is gearr a bheadsa agat.
Mara mbeir féin, a dúirt sé, beidh bean eile agam.

Ach nuair a chonaic sé an dochtúir ag teacht, stad an seó. Níor fhan focal aige as san amach, ach é síos agus aníos 'on tseomra go dtí Neain, ag tathant buidéil uisce te uirthi agus braonaíocha branda. Agus nuair a caitheadh fios a chur ar an sagart, thit an lug ar an lag ar fad aige.

Agus Neain fé chlár thug sé an lá go léir suite ansan sa tseomra ina staic, gan aon fhocal as. Agus nuair ba dhóigh leis ná raibh éinne timpeall, chonaic Ceaite é cromtha os a cionn á phógadh is á phógadh.

Bhí an tigh ciúin uaigneach gan Neain. Thabharfadh Ceaite aon ní anois ar í féin agus an mháthair a chlos ag argóint le chéile, nó í féin agus Graindeá ag prioc preac ar a chéile. Comharsana a thagadh isteach, ní fada a d'fhanaidís agus ní mór an chaint a bhíodh acu, ach ag cur síos go ciúin ar Neain. Léan is mó a bhraith uaithi í, mar bhíodar araon ar comhaos, agus is ó aon pharóiste amháin a thánadar araon go Baile an Tobair.

Mar sin, maidin Dé Domhnaigh ina dhiaidh san, bhí ana-iontas ar Cheaite nuair a chuala sí uaithi síos sa chistin scarta gáirí Mhaggie Bhurke, agus an mháthair ag rá, 'Shh! Arú, dúiseoidh tú Graindeá.'

Amach as an leaba léi, agus anuas go lúib an staighre. Cad a bhí, ach an mháthair in airde ar chathaoir, agus í ag iarraidh íochtar mór dubh le Neain a choimeád suas timpeall uirthi féin, agus ba dheacair di é, mar bhí blús saitín le Neain uirthi, leis, agus bhí na muinchillí fada síos amach thar a dhá láimh. Caite siar ar an gcúits, ag briseadh a croí ag gáirí fúithi, bhí Maggie Bhurke. 'Ó, dá gcífeá tú féin, a Nóra,' aici, 'Ó, nach é an trua gan ceamara againn!'

Ar a glúine in aice leis an gcathaoir bhí Máire Ghinneá, agus í ag iarraidh fáithim an sciorta a ghreamú le bioráin, ach na trithí gáirí ag briseadh uirthi sin leis ina hainneoin.

'Ó, ná héisteodh sibh. Níor mhaith liom go gcloisfeadh Graindeá sinn,' a deir an mháthair, ach bhí sí féin, leis, ag sciotaíl gháirí.

'Caithfidh mé geall le troigh den fháithim a iompó suas,' a deir Máire Ghinneá.

'Ó, dein aon rud is maith leat leis, ach go mbeinn ábalta siúl, sin a bhfuil uaim. Agus tarraing le chéile anso aníos sa chom leis é. Níl aon ghnó aige titim anuas díom os comhair na ndaoine.'

Agus seo an triúr acu arís sna trithí.

'Ó, cúis gháire ó Dhia chughainn,' a deir an mháthair, 'ach is dócha gur mheasa a bheadh an scéal agam, mura mbeadh ach oiread na frí im Mham bhocht, agus mise a bheith mór ramhar. Ag cneadach istigh ina cuid éadaigh a bheinn.'

'Nó ag scoltadh tríothu amach,' a deir Maggie agus thosnaigh na trithí gáirí arís.

'In ainm Dé, cad tá ar siúl agaibh?' Maisie a bhí ina seasamh sa doras. Chiúnaigh na mná.

'Arú faic,' a deir an mháthair, 'ach go bhfuil sé mar nós sa dúthaigh seo, tar éis bás máthar, an iníon a cuid éadaigh a chaitheamh ag an Aifreann trí Dhomhnach i ndiaidh a chéile. Ach chonaicís féin an toirt a bhí im Mham bhocht i gcomparáid liomsa. Ní fheadar cad a dhéanfaimis mura mbeadh na *safety pins*.'

'Agus cé a cheap an nós so?'

'Ó, ní fheadar, ach go bhfuil sé ann riamh.'

'Ná dein nós agus ná bris nós,' a deir Máire Ghinneá agus í ag oibriú léi ar na bioráin.

'Bhuel, thosnaigh duine éigin leis an nós, uair éigin,' a deir Maisie. 'Fear éigin, siúrálta, chun an mustar a bhaint de bhean éigin, is dócha. Chun a chur ina luí uirthi go gcaithfeadh sí déanamh i gcónaí mar a dhein a máthair roimpi. *Don't rock the boat.* Nach breá nach é an mac a chaitheann éadaí an athar ag an Aifreann? *Discrimination* a thabharfainnse air.'

D'fhéach na mná ar a chéile. Níor aithníodar an focal, ach thuigeadar an bhrí a bhí leis.

'Caith anuas díot iad sin, a Nóra, agus bíodh ciall agat,' a deir Maisie.

'Ó, ní fheadar,' a deir an mháthair. 'Sin uile a fhéadfaidh mé a dhéanamh do mo Mham bhocht anois. Agus ana-bhean nósanna ab ea í riamh.'

'Nósanna agus piseoga, níl faic sa dúthaigh seo ach iad. *Suit yourself.* Is é rud a thug i leith mé, gráinne beag siúcra. Níl uaim ach lán spúnóige do bhuidéal an linbh. Tógfad féin as an mbabhla ansan é.' Agus thóg, agus d'imigh.

D'fhéach na mná ar a chéile.

'Tá an ceart aici,' a deir Máire Ghinneá, 'nuair a d'fhéachfá isteach ann.'

'Tá, is dócha,' a deir an mháthair, 'ach mar sin féin, oibrigh leat ar na bioráin, a Mháire. Agus, a Mhaggie, an ngreamófása suas na muinchillí dom. Brostaígí oraibh, beidh Graindeá ag éirí aon neomat.'

Ach bhí a fhios ag Ceaite ná beadh sé ag éirí, ná go ceann dhá uair an chloig eile, agus an uair sin féin, le dua a chuirfeadh sí as an leaba é. Agus ag imeacht roimis ina aonar trí gharraithe an tseana-thí a thugadh sé an lá, agus é ag caint leis féin, anois agus arís.

Scanraigh sé Ceaite tráthnóna a chuir an mháthair ar an gcúl-lochta í, féachaint an mbeadh aon chearc ag breith sa bhféar ann. Chuala sí ag teacht isteach uaithi síos é, agus ansan, mór ard:

'Mhuise, a Narry bheag, canathaobh gur imís uaim? Mise ba cheart imeacht romhatsa, a Narry bheag, bhí cúig mbliana agam ort. Canathaobh nár fhéachais chughat féin in am, agus dul go dtí an ndochtúir. Ní easpa a bhí ort, dá mbeadh is go gcaithfeá *operation* féin a bheith agat. Tá a fhios agam, bhí d'aibíd fachta agat, ach níor cheapas go deo go gcífinn ort í, ach d'íochtar deas dubh agus do *bhlouse* saitín go mbíodh an *bhrooch* dheas ina thosach . . . Brostaigh ort anois, a Narry bheag, agus cuir fios orm.'

'An tslí a bhí sé ag caint, ba dhóigh leat go raibh sí ansúd in aice leis,' a dúirt Ceaite leis an máthair ina dhiaidh san.
'Cá bhfios dúinn ná raibh?' a deir an mháthair. 'Má dheineann sé aon bhogadh do bheith ag caint léi, nach maith an rud sin. Bhíodar i ngrá le chéile, tá a fhios agat.'
'Ach bhíodh sí i gcónaí ag gabháil dó agus é sin ag gabháil di.'

'Le buannaíocht ar a chéile a bhídís mar sin.'

'An cuimhin leat conas a bhíodh sí ag gearán go mbíodh sé ag tarrac an éadaigh sa leaba di? Deireadh sí go gcuirfeadh sí clár síos i lár slí eatarthu.'

'Ní raibh ansan ach caint. Ní deintear tigh gan teanga.'

'Ach nach cleamhnas a deineadh eatarthu, cheapas.'

'Sea, mar ná pósfadh sí sin éinne eile ach é. Chuir sí súil ann lá aonaigh, agus cé go raibh a hathair ar a dhícheall ag iarraidh í a chur isteach i bpaiste talún níos fearr, chaith sé géilleadh ar deireadh di. Agus dhéanfaidís maith go leor anso, dá rithfeadh leis na leanaí. Cúigear garsún, duine ar dhuine, níor mhair ach mé féin agus d'Aintín Síle a tháinig ag deireadh an áil.'

Níor thaitin Aintí Síle le Ceaite. Bhí sí pósta 'síos thar cnoc' agus ana-annamh a thugadh sí turas. Bhí cúpla aici, gearrchaillí a bhí ar comhaois le Ceaite go mbíodh sí i gcónaí ag maíomh astu – chomh maith is a bhíodar ar scoil, agus conas a bhíodar ag foghlaim ceoil ar an mbaile mór, agus conas ná hithidís aon mhilseán go deo, agus ansan bhí 'an garsún' a bhí ina Dhia beag aici. Tháinig sí ar thórramh Neain, agus chuir sí Graindeá trína chéile leis an ngol agus leis an mbéiceach a bhí aici an doras isteach.

'Bean nár tháinig ar a tuairisc ach aon uair amháin,' a dúirt an mháthair. 'Is mó a leithéid a bheadh ón dtaobh eile dom ag cabhrú liom sna laethanta deireanacha, ach bhí gach aon leithscéal aici. Bhí comharsana maithe agam, áfach, rud ná beadh agam go deo thíos i *Meath*.'

Mar bhí *Meath* fé chaibidil arís. Bhí bus ag dul ann. Aon fhear gur mhaith leis an talamh a fheiscint, anois an t-am aige!

'Níl aon phins orm,' a deir an t-athair. 'Ní fearr dom slí a chaithfidh mé an lá.'

'Mar sin, ní mise a bheadh ag iarraidh air rud éigin a dhéanamh timpeall an tí, is maith an phins a bheadh air,' a dúirt an mháthair. Bhí eagla chúichi uirthi, nuair a chífeadh an t-athair an talamh maith. Ní raibh an lé chéanna aige leis an mbaile agus a bhí aici féin a rugadh is a tógadh ann. Go mion minic ar an nDomhnach, thabharfadh sé turas ar a sheana-bhaile ar an gCluain Riabhach, mar ar mhair a dheartháir Peats agus a bhean Nuala. Uaireanta thabharfadh sé leis sa chairt Ceaite agus Larry. Níor thaitin an Chluain Riabhach le Ceaite. Ní raibh aon Ghraindeá ná Neain ann, ach Aintí Nuala a bhíodh i gcónaí ag cur síos ar ainmhithe, agus ar chomh holc agus bhí an praghas orthu. Agus bhíodh an tae róláidir acu ann, chuiridís uachtar air in ionad bainne, agus bhíodh rian dubh istigh ar na mugaí. Agus ní raibh aon tráigh in aice leis, ná aon radharc in aon chor ar an bhfarraige as, ach an cnoc mór duaiseach a bhí lastuas de. Agus aon bhliain amháin, bhí úlla ar an aon chrainnín úll a bhí sa gharraí acu, agus phrioc Larry ceann acu. Dúirt Ceaite leis cead a iarraidh, ach ní dhein, shnap sé chuige é agus d'alp siar go tapaidh é. Ach chonaic Aintí Nuala rian an úill ar a bhéal, agus bhí an gomh uirthi.

'Ó, mhuis,' a deir sí, 'bheadh oiread eile fós san úll sin, agus bhí gach aon cheann riamh acu comhairthe agam.'

'Ná tóg aon cheann di,' a dúirt an t-athair leo, agus iad ar an tslí abhaile. 'Tá an crann úll céanna éirithe sa cheann aici. Í féin a chuir é, agus ní raibh aon úll go dtí i mbliana air. Orm féin atá an milleán agam ná dúrt libh fanacht glan de.' Agus cheannaigh sé úll an duine dóibh i siopa. Bhíodh Larry agus an t-athair ana-mhór lena chéile an uair sin . . .

Chuaigh an t-athair sa bhus, agus ón lá san amach ní raibh de phort aige ach *Meath*.

'Ó, an talamh breá,' a deireadh sé. 'Dá leagfá uait do mhaide istoíche ann, bheadh sé clúdaithe le féar ar maidin romhat. Dhá acra fichead in aon réimse amháin a bheadh le fáil. Tigh muintire, tigh ba, stábla, bothán muc, bothán cearc, capall, ceithre cinn de bha, deich gcinn de chaoirigh, cráin mhuice, cearca, uirlisí feirme, gach aon ní, agus bheadh an churadóireacht féin déanta ann romhainn.'

'Romhainne?' a deir an mháthair. 'Cad a bhéarfadh sinne ann? Táimid ag déanamh maith go leor mar atáimid. Agus sinn dulta chun costais le tigh nua!'

'Bheadh tigh nua, leis, le fáil agat i *Meath*.'

'Cén saghas tí? An bhfacaís é?'

'Chonac. Tigh breá nua,' agus leanadh sé air ag moladh na talún.

Ligeadh an mháthair an chaint thar a cluasa cuid mhaith, ach anois agus arís, sheasadh sí a ceart leis. Ní deireadh Graindeá aon ní, mar seo nó mar siúd.

'Ach níor mhaith leatsa dul go *Meath* ach oiread, a Dhaid,' a deireadh sí. 'Canathaobh ná taobhófá liom?'

'Ní haon phioc de mo chúram é,' a deir Graindeá. 'Is é Mártan fear an tí anois. Deinídh pé rud a oireann díbh, agus tiocfadsa libh pé socrú a dhéanfaidh sibh.'

Bhí sé ag teacht chuige féin, é ag dul ar fuaid an bhaile arís, agus ní raibh sé ag caint leis féin a thuilleadh.

'Dá mairfeadh Neain, mhuis, sheasódh sí liom,' a deir an mháthair. 'Chuirfeadh sí cos i dtaca agus ní aistreodh sí, agus ní bheadh a thuilleadh air.'

'Ná breá a d'aistrigh sí isteach sa tigh nua, dá mhéid doichill a bhí aici roimis?'

'Aistriú cúpla céad slat, cén nath é sin? Cúpla céad míle atá i gceist le *Meath*.'

Threisigh ar na hargóintí idir an t-athair agus an mháthair.

Sa leaba istoíche féin. Ceaite sa leaba bheag thall chloiseadh sí iad, cé gur dhóigh leo san í a bheith ina codladh.

'Is cuma leatsa cá maireann tú, ach talamh maith a bheith agat ann,' a deireadh an mháthair.

'Ar an dtalamh atá ár maireachtaint, nach ea?' a deireadh an t-athair.

'Bhí maireachtaint maith go leor riamh san áit seo. Agus anois tá an créamaraí, agus tá scoláireachtaí Gaeltachta. Bheadh seans ag Ceaite agus Pól scolaíocht a fháil, fé mar atá ag clann na nGinneánna thall. Ní gá dóibh dul go Sasana.'

'Ní dhein sé aon díobháil domsa dul go Sasana. Is maith a raghadh tamall ann do Larry, leis. Is é a chruafadh é.'

'Má leanann tusa ort mar atá tú leis, is ann a raghaidh sé, agus b'fhéidir ná tiocfadh sé thar n-ais.'

'Cad a mheasann tú dom a dhéanamh? Ligint dó codladh amach gach aon mhaidin, ab ea, faid is atáimse ag cur mo bhundúin amach ag obair! Ó, a Nóra, dá gcífeása *Meath*! Níl anso ach strácáil agus ní bheidh go deo.'

'Maith an dúil a bhí agat ann lá dá raibh.'

'Mar sin bhíse anso.'

'Bhí a fhios agat go raibh bun maith orm.'

'Níor thánasa anso isteach folamh ach oiread.'

'Gheobhainnse fearaibh chomh maith leat agus airgead acu, leis.'

'Canathaobh nár phósais iad, mar sin?'

'Bhí aiteas orm, is dócha.'

'Nóra.'

'Ó, lig dom féin.'

'Nóra, an bhfuil sí féin thall ina codladh?' os íseal.

'Ní fheadar.'

'*C'mon, darling.*'

'Lig dom féin, a deirim leat, tá tinneas droma orm.'

'Á, a Nóra.'

'Ar aon slí, níl an t-am tagtha fós.'

'Seo leat, beimid aireach.'

'Lig dom féin, a dúrt leat, táim cortha agus tá tinneas droma orm, b'fhearr liom dul a chodladh.'

'Téir a chodladh, mar sin,' garbh láidir, 'téir a chodladh, in ainm an diabhail!'

Tríd an lá féin bhídís ag snapadaíl ar a chéile. Dá mbeadh an dinnéar déanach, nó mura mbeadh na buicéadaí réidh chun crúite, dá mbeadh na buaracha ar bóiléagar, nó mura mbeadh na gamhna tindeálta in am, fé mar ná beadh uathu ach iarraim cúis chun sclaimh a thabhairt ar a chéile. B'fhada le Ceaite a bhíodh sí sa tigh.

Ní raibh de phort ar fuaid an bhaile anois ach *Meath*. Cé a bhí ag cur isteach air, cén seans a bhí acu é a fháil, agus dá bhfaighidís é, conas a roinnfí a gcuid talún ar na comharsana a bhí ina ndiaidh.

Agus ansan, aon lá amháin, chuaigh Scanlain agus Joanie go Trá Lí, agus thugadar leo abhaile as gearrchaille beag dhá bhliain. Sin é an uair a thosnaigh an cibeal.

'Táid chun *adopting* a dhéanamh uirthi.'

'Ar fad, ar fad?'

'Féach anois, ná maith iad.'

'Chun go mbeidís i dteideal cur isteach ar *Meath* is ea é.'

'An dtabharfaidh siad thar n-ais ansan í?'

'Ní fhéadfaidh siad é sin a dhéanamh. An lá a thógadar í, caithfidh siad gabháil léi.'

'Is láidir nach garsún a thógadar don dtalamh.'

'Bheadh sé níos deacra ceart a bhaint de gharsún dá mbeadh aon drochbhraon ann.'

'Ba bheag orm é, bastard mar sin a thógaint isteach ar mo thinteán.'

'Ná feadraís cad as a tháinig sé, ná cér díobh é.'

'Agus an léi sin anois a thitfidh pé sealúchas a bheidh ina ndiaidh?'

'Ní haon iontas go bhfuil an gomh ar na gaolta ón dá thaobh.'

'Dhera, cá bhfios duit ná gurb í is fearr a bheadh ina gcúram fós.'

'Agus rud eile, nuair a thógann lánú leanbh mar sin, deirtear gur minic go mbíonn leanbh chuchu féin ina dhiaidh san.'

'Tá seans ag Scanlain fós, más ea.'

'Nó ag an té seo dh'áirithe, ná déarfá.'

Sylvia a thugadar ar an leanbh. Bhí cuma bheag éidreorach uirthi, í ceangailte suas as Joanie i gcónaí, nuair a bheadh sí suite síos féin, ní ligeadh sí as a radharc í.

'Ní haon iontas é, an ruidín bocht,' a dúirt Joanie. 'Dá gcífeá a raibh istigh acu ann, ba bhreá leat beirt nó triúr acu a bhreith leat. Na rudaí bochta, ní mór an pheataíocht a fhaigheann éinne acu. Ó, cuirtear cóir mhaith orthu maidir le bia agus éadach, ach an gcreidfeá é, na mná rialta a bhíonn ag tabhairt aire dóibh, athraíonn an t-ord iad tar éis an áirithe sin, le heagla go n-éireoidís ró-cheanúil orthu. Ar mhaithe leis na mná rialta a dheinid é, gan dabht, ach cad mar gheall ar na leanaí bochta?'

Bhí gach aon eolas ag Joanie cad a d'oir do leanaí. Bhí cúil leabhar leanbh sa chupard aici go mbíodh sí ag gabháil tríothu coitianta.

'*Reared by the book, perfect,* a bheidh an leanbh san,' a dúirt Maggie Bhurke, 'mo ghraidhin mo chuidse!'

'Ó, mhuise,' a deir Léan léi, 'níor chás duitse an t-éadach a chuimilt d'aghaidh na leanaí san agat anois is arís.'

'Dhera, mo chroí tú,' a deir Maggie, 'cuimleoidh siad féin dóibh féin é nuair a thiocfaidh iontu. Salachar glan é sin orthu.'

Théadh Ceaite agus Máiréidín go minic tigh Scanlain ag imirt le Sylvia, agus ní léi féin, leis, ach leis na bréagáin dheasa a bhí fachta aici, madra beag a raibh ceithre roth fé a sháfá romhat, capaillín go suífeá air agus a bheadh ag luascadh fút ar nós an chliabháin, bábóg go raibh ana-dhealramh aici le Mímí.

Bhí lá na cinniúna fógartha – an lá a gcaithfí an t-iarratas a shaighneáil, éinne gur theastaigh uaidh dul go *Meath.*

'Ó, nár bhreá liom dul ann,' a deir Maisie, '*it's only thirty miles from Dublin.* Dá bhféadfainn féin agus Maidhc agus na leanaí dul ann, agus an *old lady* a fhágaint anso. Thabharfainn aon ní ar thigh a bheith agam chugham féin. Táimid ag tógaint tigh nua, ach cén mhaith é, beidh an *old lady* ag teacht isteach inár dteannta ann, agus nú-namha, nú-namha aici.'

'Ná tóg aon cheann di,' a deir an mháthair. 'Ar mhaithe leat a bhíonn sí. Bhíodh mo mháthair féin amhlaidh. Bhímis i gcónaí ag argóint, agus anois braithim uaim í.'

'*I know*,' a deir Maisie. '*That's what's killing me.* Is fearr atá sí dom ná bheadh mo mháthair féin, *but if she'd only lay off me sometime . . .*'

Ní raibh an t-athair agus an mháthair ag caint le chéile in aon chor anois.

'Fiafraigh de d'athair cén t-am go dteastaíonn dinnéar uaidh. Níl aon mhiosúr agamsa ar a bholg, agus tá a mhalairt de chúram orm seachas bheith ag fuaradh is ag téamh dó, gach aon uair a d'oirfeadh sé dó.'

'Fiafraigh de do mháthair cá bhfuil stráinín an tainc.'

'Abair le d'athair go bhfuil sé san áit go mbíonn sé i gcónaí ach a shúile a oscailt.'

'Fiafraigh de do mháthair an bhfuil a thuilleadh bainne le dul 'on tainc. Tá deabhadh go dtí an gcréamaraí orm.'

'Abair le d'athair bailiú leis, má oireann san dó, ach go mbeidh sé siar sa bhainne. Tá an bhóín dhearg gan chrú fós, agus ní mise a fhéadfaidh í a chrú, agus leanbh le socrú agam, agus leanbh eile le cur ar scoil.'

Chuimhnigh Ceaite ar Sheanachán agus an Mhisusín. Ab é an chéad rud eile a tharlódh, go ndéanfaí dhá leath den dtigh, a ndála siúd?

'Sea anois, a Nóra,' a deir Graindeá lá, 'níl aon dealramh leat. Os comhair na leanbh, bheith ag tabhairt drochshampla mar sin dóibh.'

'Mise is ceart tabhairt isteach? Sin é atá á rá agat, nach ea? Canathaobh go dtabharfainn? Ní theastaíonn uaimse dul go *Meath*. Táim lánsásta anso. Tá ár ndóthain againn anso.'

'B'fhéidir gur fearr ná san a bheadh agaibh i *Meath*.'

'Níl ann ach b'fhéidir. Cloisimse gur tathantaíodh an talamh san ar mhuintir *Meath* féin, ach go ndúradar gurbh fhearr leo obair a fháil ag tógaint na dtithe ann. Cén t-iontas é agus gan aon phraghas ar aon ainmhí? Is fusa dúinn go mór ár ngreim a choimeád anso. Cloisim, leis, gur tithe beaga atá ann. Tá tigh breá mór anso againn, agus is beag dá dhua a fuair sé sin, ach é amuigh sa ghort dó féin.'

'Caithfidh duine éigin ciall a bheith aige, a Nóra.'

'Dá mairfeadh Neain, mhuis, sheasódh sí liom.'

'Ní mhaireann Neain, agus ní fada eile a mhairfeadsa agus mo dhícheall á dhéanamh, agus beidh na leanaí sin ag éirí suas agus ag imeacht dóibh féin. Is measa duitse do pháirtí ná éinne againn.'

Ach níor tháinig aon bhogadh ar an imreas sa tigh. Tháinig lá na saighneála. An Satharn a bhí ann. Nuair a tháinig an t-athair ón gcréamaraí, thóg sé tanc an bhainne amach as an gcairt, ach níor scoir sé an pónaí. Isteach sa tigh leis, bhearraigh é féin, nigh agus ghlan é féin, agus chuir air a chulaith nua. Sheasaimh sé i lár na cistine.

'Táimse ag dul ag saighneáil,' a deir sé.

Níor lig an mháthair uirthi gur chuala sí é, ach lean uirthi ag tabhairt bricfeasta do Phól.

'Go n-éirí san leat, a Mhártan,' a deir Graindeá ón gcúinne.

D'iompaigh an t-athair ar a sháil, amach an doras leis, shuigh isteach sa chairt, bhuail stiall ar an bpónaí, agus soir an bóthar leis ar dalladh.

'Bailíodh sé leis ann más é atá uaidh,' a deir an mháthair.

'Ach nílimse ag corraí as an bpaiste seo,' agus chuimil sí an tuáille beag de phus Phóil.

Bhí Ceaite ag breith chúichi féin i gceart anois. Ab é seo an *divorce* so go mbíodh trácht air i *magazines* Mhaisie? An mháthair anso, an t-athair i *Meath*, cá mbeadh sí féin? Ag imeacht eatarthu? I dteannta na máthar is mó, is dócha, í féin agus Pól, agus Graindeá, ach siúrálta bhéarfadh an t-athair Larry leis chun an talamh a oibriú. An t-athair agus Larry ag imeacht in éineacht as an dtigh! Ó, Dia go deo linn! Ba mheasa arís é seo ná dhá leath a dhéanamh den dtigh!

Leis sin bhí Léan chuchu isteach agus fuadar fúithi.

'Ní 'on bhaile mór a bheadh Mártan ag dul, ab ea?' a deir sí.

'Ní hamhlaidh a bhí aon teachtaireacht uait ann?' a deir an mháthair.

'Ó níl, níl, ach a . . . ní ag saighneáil a bheadh sé imithe?'

'Ní fheadarsa cén cúram atá air ann.'

'Cogar, le heagla gurb ea: má tá sibh ag imeacht, ná lig

uaim an *stove*, a Nóra, don tigh nua. Thabharfainn praghas maith duit air.'

'Fanfaidh an *stove* mar atá sé agus fanfadsa leis.'

'A, níl sé imithe ag saighneáil mar sin.'

'Ní fheadarsa cad tá sé á dhéanamh ann, a deirim leat,' a deir an mháthair agus d'ardaigh sí léi Pól in airde an staighre.

'Dhera, is é mar atá, a Léan,' a deir Graindeá, ag déanamh spior spear den scéal, 'má shaighneálann sé féin, ní hionann san is go bhfaighidh sé aon ní. Beidh scata nach é ag cur isteach ar na feirmeacha sin, agus cuid acu níos gátaraí ná sinne.'

'Tá an ceart agat, a Mhicil,' a deir Léan. 'Agus ní dócha go bhfaighidh Scanlain aon ní ach oiread, cé go bhfuil sé imithe ó adhmhaidin . . . Tá sé chun an meaisín féir a dhíol le Maidhc; beidh sé ag fáil ceann eile thíos. Ach féach anois, dhearmhadas a fhiafraí de mar gheall ar an *bpulper*. Siúrálta, ní bheidís á ardú san leo, rud chomh trom, chomh hainnis leis.' Agus amach an doras léi, agus síos tigh Scanlain.

Tháinig an mháthair anuas an staighre.

'Féach anois,' a deir sí, 'nach maith tapaidh atá an snap á thabhairt ag mo chomharsana maithe!'

Glór na cairte lasmuigh. D'fhéach sí amach.

'Ó, tá sé féin thar n-ais,' a deir sí. 'Dhearmhad sé a *steelpin* a thabhairt leis, is dócha.'

D'oscail an doras agus tháinig an t-athair isteach.

'D'iompaíos thar n-ais ag an gcrosaire,' a deir sé go grod. 'Nílim chun saighneáil.'

D'fhéachadar araon sna súile ar a chéile, aghaidh na máthar lasta suas le faoiseamh, ach ba dheacair dul amach ar cheannaithe an athar.

'B'fhearra dhom an t-éadach so a bhaint díom agus dul ag obair,' a deir sé.

'Déanfaidh mé braon tae duit ar dtús,' a deir sí sin ag breith ar an gciteal.

Bhíodar ag caint le chéile arís. Bhí an tsíocháin thar n-ais sa tigh. Agus an oíche sin, chuala Ceaite uaithi sall sa leaba iad, síoch grách lena chéile.

'Ní bheidh aon aithreachas ort, a Mhártan. Cífirse ná beidh. Tá saighneálta ag Scanlain. Beidh an talamh san á roinnt.'

'Marcas Bhurke is mó a gheobhaidh é, más ea. Go maraí an diabhal é, leisceoir diail, a leithéid go mbeadh an seans leis, agus san am go mbeidh an chuid eile roinnte ar thithe eile an bhaile–'

'Beidh ár ndóthain againn. Déanfaimid an bheart. Dár leanaí atáimid ag obair.'

'Ar Larry a bhíos ag cuimhneamh do *Mheath*. Bheadh gabháltas maith aige ann.'

'Ní fheadar. Uaireanta bím ag cuimhneamh an bhfuil aon éileamh in aon chor ar thalamh ag Larry céanna. Ní hé do dhúchas-sa a thug sé leis.'

'Tá sé óg fós. Is mó craiceann a chuireann an óige di.'

'Dá mbeadh bliain eile curtha de ag Pól, bheinn sásta.'

'Á, a Nóra, tá Pól cruaidh. Ní baol dó. An bhfuil sí ina codladh?'

'Cé hí?'

'Í féin thall.'

'Ná fuil sé in am aici bheith le trí huair a chloig.'

'Bhuel, mar sin.'

'Cheapas go rabhais cortha,' a glór éadrom, gáiriteach. Cár imigh an nimh a bhí ann le ráithe? Agus an fiántas a bhíodh i nglór an athar. Iad mar bheadh dhá mhadra ag snapadaíl ar a chéile. Agus anois, iad ina dhá ghligín ag cogarnach is ag sciotaíl gáirí lena chéile. Nárbh ait iad!

Chúb Ceaite síos isteach fé na plaincéadaí í féin agus thit dá codladh.

Ní raibh aon trácht ar *Mheath* a thuilleadh sa tigh. Ar

fuaid an bhaile ní raibh de phort ach é. Scanlain amháin a shaighneáil dó, ach bhí drochsheans aige é a fháil, dúradh, toisc ná raibh aige ach an t-aon duine amháin muirir. Mar sin féin, bhí a chuid ainmhithe agus rudaí nach iad curtha in áirithe cheana féin ag comharsana difriúla. Conas a roinnfí a chuid talún, sin é is mó a bhí ag déanamh mairge do dhaoine. An é sin a chuir an cuimhneamh úd i gceann Mháiréidín Bhurke? Aon tráthnóna amháin tháinig sí isteach tigh Cheaite, agus dúirt leis an athair go raibh cúram ag Scanlain dó amuigh ar an mbóthar. Amach leis. Dhein Máiréidín comhartha do Cheaite í féin a leanúint.

'Cad chuige?' a deir Ceaite agus iad lasmuigh de dhoras.

'Shh!' a deir Máiréidín. 'Téanam ort síos,' agus tharraing sí léi síos fé scáth an chlaí í, go raibh radharc amach ar an mbóthar acu i lár an bhaile. Cad a bhí ach Scanlain, an t-athair, agus Tomás Ghinneá, agus Marcus Bhurke, Muiris a' Loingsigh, agus Seanachán féin, agus iad síos suas an bóthar trasna a chéile, ag féachaint ar a chéile, agus a lámha laistiar dá ndrom acu.

'Féach iad,' a deir Máiréidín. 'Tá siad ar fad ag feitheamh lena chéile chun labhairt. Dúrt leo, duine ar dhuine acu, go raibh cúram ag Scanlain dóibh, agus dúrt le Scanlain go raibh cúram acu san dó.' Agus phléasc sí amach ag gáirí.

Chuala na fearaibh na gáirí. Stadadar den siúl. D'fhéachadar ar a chéile, agus ansan d'iompaíodar, duine ar dhuine acu, go maolchluasach i dtreo a dtigh féin.

Thug Marcus Bhurke seáp fén gclaí. Ach bhí Máiréidín róthapaidh dó. Ar Cheaite a bheir sé.

'Ach tá a fhios agam nach tú fé ndear é, ach an diairín eile sin. Seo leat abhaile uaim. Tiocfadsa suas léi sin ag baile agus geobhaidh sí a bheith aici.'

Ach bhí a fhios ag Ceaite ná déanfadh sé aon ní le Máiréidín. Ní leagtaí barra méire choíche ar éinne de na

Búrcaigh óga, fiú amháin an cúpla go raibh an diabhal ar fad orthu le cros. Chuireadar coca féir le Muiris a' Loingsigh trí thine lá. Scaoileadar bó le Maidhc Néill isteach i bpáirc gheamhair le Scanlain lá eile. Bhaineadar an ceangal de ghabhar a bhíodh i dteannta na mba ag Tomás Ghinneá lá eile, agus níor fhág sé planda ná bláth i ngairdín Joanie Scanlain nár ith sé. Agus dá mbeirtí ar dhuine acu, chuireadh sé an milleán ar an duine eile, agus bhíodar chomh dealraitheach le chéile ná haithníodh Maggie Bhurke féin óna chéile iad. Muintir an bhaile, áfach, ba chuma leo cé acu a bhí ciontach, agus thabharfaidís dóibh araon in éineacht é, is é sin dá dtiocfaidís suas leo.

Caibidil V

Titim na hoíche a bhí ann. Tosach an tsamhraidh. 'Scairbhín na gcuach, fliuch agus fuar'. Ní raibh na ba á ligint amach fós istoíche. Ar éigean arbh fhiú an lampa a lasadh; bheifí ag tabhairt fén leaba, mar chaithfí bheith ag éirí moch ar maidin don gcréamaraí. Bheadh an doircheacht fós ann agus an t-athair ag éirí, agus ní sásta a bheadh sé dá gcífeadh sé solas i dtigh eile ar an mbaile roimis.

Bhí sé ag cur bolta na hoíche ar an ndoras tosaigh, nuair a chuala sé an madra ag sceamhaíl uaidh síos i measc na mbothán.

'Cad tá ar an ndiabhal sin?' a deir sé.

'B'fhéidir gurb é an madra rua a bhraitheann sé timpeall,' a deir an mháthair. 'Ar dhúnais ar na cearca, a Cheaite?'

'Dhúnas,' a deir Ceaite.

Amach leis an athair. 'Seip, Seip, Seip!' a bhéic sé. Níor thug an madra aon toradh air, ach é ag sceamhaíl leis thíos ag doras thigh na mba. Agus ansan chuala an t-athair an bhean.

'*Help, somebody!*' a scread sí. '*Get that bloody dog away from me!*'

Rith sé síos. Rug sé ar chúl ar an madra, agus ansan nochtaigh chuige amach as doras thigh na mba an bhean, gafa gléasta, agus í ag iarraidh an bhualtrach a sheachaint lena sála arda.

'*You should get rid of that dog*, Mártan,' a deir sí, '*he's vicious.*' Agus ansan, dhein sí air, rug isteach air, agus do phóg. Sin é an uair a d'aithin sé a dheirfiúr, Kate.

'Ar mh'anam,' a deir sé ina dhiaidh san, 'gurbh é an chéad rud a chuimhníos air, nuair a chonac uaim isteach tú, ná na seana-scéalta a bhíodh acu fadó i dtaobh mná bheith ag oibriú piseog chun bainne a chéile a lot, ach ná bíodh aon *perfume* orthu siúd.'

'*Perfume?*' a deir Aintí Kate. 'Agus mé dulta ar lár i mbualtrach, agus ná ligfeadh an diabhal madra san amach mé!'

'Cad a thug isteach ann tú?'

'Tusa.'

'Cad atá tú ag rá?'

'Tusa fé ndear é. Gan de phort agat i ngach aon litir ach *Meath*. Ní dúraís in aon chor go rabhabhair aistrithe amach as an tseana-thigh.'

'Ach canathaobh ná dúraís linn go rabhais ag teacht? Bheinn id choinne.'

'A Mhártan, níor theastaigh aon *fuss* uaim. Ar mo shlí abhaile go dtí an Chluain Riabhach a bhíos, agus rith sé liom oíche a thabhairt agaibhse ar dtúis. *Give you a surprise.* Ní fheadar cé fuair an *surprise*, mise nó na ba, nuair a shiúlaíos isteach sa mhullach orthu!'

'Ó, mhuis, a Khate.'

'Sibhse fé ndeara mé a theacht i mbliana. Kate, *dear girl*, a dúrt liom féin, *you'd better give that trip before they move to Meath.*'

'Nílimid ag dul ann, a Khate.'

'*Why on earth? When you could get a lovely farm there,* for faic?'

'Thánamar ar athrú aigne mar gheall air,' a deir an t-athair.

Chuaigh an scéala ar fuaid an bhaile Kate a bheith tagtha ó Mheiriceá. Bhailigh na comharsana isteach. Bhí seana-aithne acu ar Khate, mar ar an mbaile seo lena deartháir ba mhó a bhíodh sí, sara gcuaigh sí go Meiriceá. Bhí sí féin agus an mháthair mór le chéile ó bhíodar in aon rang ar scoil fadó. Chuaigh an deoch timpeall, buidéal an tí agus buidéal eile a thug Kate léi. Cuireadh fios síos ar an veidhlín do Sheanachán. Thosnaigh an ceol, an chuileachta, agus an chaint.

Ach in airde staighre a bhí an mháthair, agus Larry beirthe léi aici, agus iad ag iarraidh seomra Larry a chur i gcóir do Khate, agus slí a dhéanamh do Larry sa tseomra eile a bhí lán fós d'útamáil an aistrithe. Ach níor braitheadh as an gcuileachta thíos iad. Fiú amháin ag deireadh na hoíche, nuair a bhailigh gach éinne leo, ní raibh aon chodladh fós ar Khate, d'fhan sí féin agus an t-athair cois na tine siar, siar ag caint is ag cur síos. Bhí an mháthair tugtha. D'fhág sí le chéile iad, agus chuaigh suas a chodladh. B'in é an dearmhad a dhein sí, a dúirt sí leis an athair an oíche ina dhiaidh san, nuair a tháinig sé thar n-ais tar éis Kate a chur ar an gCluain Riabhach.

'Kate a chuir suas tú!' a deir sí. 'Kate fé ndear é! Ag teacht chugham anall ó Mheiriceá ár gcur trína chéile.'

'Níl aon bhaint in aon chor ag Kate leis an gcúram!' a deir an t-athair.

'Nach in é atáim á rá! Níl! Canathaobh mar sin go bhfuil sí ag cur a ladair isteach ann?'

'Nóra, ná héisteofeá liom.'

'Bhíobhair ansan cois na tine siar, siar amach.'

'Ar Mheiriceá, agus ar an gcuid eile thall a bhíomar ag cur síos. Níor tharraingíomar anuas *Meath*, olc ná maith. Ar an gCluain Riabhach a chuala mar gheall air, a deirim leat. Na Máirtínigh a chuir tuairisc go dtí Peats féachaint an bhféadfadh sé teacht suas leis an gcapall a dhíoladar leis na tincéirí, agus í a cheannach thar n-ais. Tá siad féin ag teacht thar n-ais ó *Mheath*. Níl an scéala amuigh fós, agus is dóigh le Peats dá n-oibreoimis tapaidh é, go bhfaighimis an áit a bhí acu.

'Ní maith an comhartha ar *Mheath* na Máirtínigh a bheith ag teacht thar n-ais as.'

'Ní thugadar de sheans dóibh féin dul ina thaithí. Ar aon tslí, bhíodar róchríonna, agus ní raibh an Béarla féin acu. Chaithidís teanga labhartha a thabhairt ina dteannta ar an aonach. Nach breá atá an chuid eile a chuaigh síos ag fanacht ann.'

Níor fhreagair an mháthair.

'Nóra, tá seans eile á fháil anois againn, seans ná geobhaimid go deo arís.'

'Ó, a Mhártan, bhíomar tríd seo cheana.'

'Dá gcífeá é, a Nóra, ithir bhreá dhomhain dhubh, díreach fé mar a bhí fén dtuath i Sasana nuair a bhímis ag leagadh síos na bpíopaí ann.'

'Ach an tigh.'

'Is fuiriste crot a chur ar thigh má tá an déanamh sa talamh. Ní bheidh ag Larry anso choíche ach strácáil.'

'Ach cad mar gheall ar an mbeirt eile?'

'Níl aon tsiúráil agat go bhfaighidh siad scoláireacht, an bhfuil? Agus is giorra a bheidh meánscoil dóibh ansúd ná tá anso. Is túisce a gheobhfar an leictric ann, leis, ná gheobhfar anso é, déarfainn. Tá an t-uisce acu cheana féin, *pump* idir gach aon chúpla tigh. B'fhuiriste é a chur isteach nuair a thiocfaidh an leictric.'

'Tarrac ar uisce a bheith agam istigh sa chistin, sin a n-iarrfainn. Ní leath liom an solas.' Lig sí osna. 'A Mhártan,' a deir sí, 'ós é atá uait, scaoil fé.'

'Ach ní hé atá uaitse.'

Lig sí osna eile. 'Ní hé. Ach ansan arís, ní fheadar cad tá uaim. Ní theastaíonn uaim aistriú ach . . .' Stad sí.

'Cad é?'

'Ó, ní fheadar. Braithim uaireanta dá mbeinn thíos i *Meath*, go bhféadfainn Pádraigín a chur as mo cheann. Ach ansan, cheapas dá n-aistreoimis aníos as an tseana-thigh, agus cheapas roimhe sin, dá mbeadh leanbh eile agam, agus bhí beirt, agus fós . . . Ach tá a fhios agam an méid seo, ní theastaíonn uaim tusa a bheith á cháiseamh an chuid eile dár saol gur mise a stop tú. Scaoil fé, in ainm Dé, nach cuma cá mairfimid ach a bheith ábalta maireachtaint a bhaint as.'

'*So you are going after all,*' a deir Aintí Kate. Thug sí cúpla lá eile sa tigh ar a slí thar n-ais go Meiriceá. '*Well, it's a good thing I gave that trip then, isn't it?*'

'Táimid ag dul ann,' a deir an mháthair, 'agus ní fheadar an bhfuilimid ag déanamh an rud ceart nó ná fuilimid.'

Bhíodh sí féin agus Aintí Kate gach aon tráthnóna ar dhá thaobh an *stove* ag caint agus ag ól mugaí den chaife breá a thug Kate léi ó Mheiriceá.

'*For Gawds sake*, ní go Meiriceá atá sibh ag dul, fé mar chaitheas-sa dul.'

'Ach bhís óg. B'fhuiriste duit dul ina thaithí. Agus ní raibh ann ach tú féin.'

'Nóra, *dear girl, you have no idea! Red raw*, gan an tarna focal Béarla agam. Ó, bhí m'Aintí Neil romham thall, admhaím, agus fuair sí jab dom. Coicíos, sin a bhféadas é a sheasamh. Tigh mór galánta. Im bhalbhán a bhíos ann. Is dócha gur cheap baitsiléir óg an tí go rabhas simplí ina theannta san, é ag iarraidh teacht suas liom gach aon tseans a gheibheadh sé, am theanntú i gcoinne an fhalla. Agus an gomh a bhí ar m'Aintí Neil nuair a gheibheas chúichi abhaile i gcionn na coicíse, gur peataíocht a bhí orm, ach nuair a d'eachtraíos di conas mar a bhí, d'éist sí, agus fuair jab eile dom i dtigh mór eile. Na Holroyds, saibhreas go deo, deo acu, ach seandaoine; ní raibh aon *bhuck*anna óga sa tigh. Ó, chaitheas oibriú go cruaidh, ag éirí le breacadh an lae chun go mbeadh an níochán déanta sa *bhasement* sara dtiocfadh an brothall; ní raibh aon mheaisíní níocháin ann an uair sin. *No mod cons whatsoever, dear girl.* Ní raibh aon ghá leo, faid is a bhí ár leithéidíne le fáil saor acu, ag fuaradh is ag téamh dóibh. Ní raibh an leictric féin acu, ach gás agus lampaí íle agus coinnle, tinte i ngach aon tseomra, go mbeifeá de shíor ag tarrac guail chuchu tríd an lá, agus á nglanadh amach gach aon mhaidin. Agus gan aon ionad tine im sheoimrín féin i mbarra an tí fén tslinn. Ní fheadraís cé acu ba mheasa, an brothall dearg a bhíodh sa tsamhradh ann nó an fuacht diamhair sa gheimhreadh. Mar sin féin, bhí daonnacht iontu aimsir an *Depression*. Bhí ordú againn sa chistin gan aon ocras a fhágaint ar aon fhear bocht a gheobhadh chughainn, agus gheibheadh scata – ón ndúthaigh seo, leis.'

Ag éisteacht léi ag cur síos mar seo, fuair Ceaite tuairim eile ar fad de Mheiriceá. Ach is annamh a ligtí di bheith ag éisteacht. Chuireadh an mháthair ag déanamh seacht gcúram í chun ná beadh sí ag éisteacht. Ach nuair a bhíodh sí ag tabhairt gabhál móna isteach, mhoillíodh sí tamall lasmuigh de dhoras, agus nuair a bheadh sí ag cur uisce sa chiteal ar an *stove*, le cupán a dheineadh sí é chun an cúram a chur i bhfaid. Ach is ina smutaíocha a bhíodh sí ag fáil na cainte agus ba dheacair brí a bhaint aisti uaireanta.

'Ó dúirt sé léi *straight out*, mura raghadh sí, go raibh teacht aige féin ar bhean a raghadh, agus nach fada uathu a bhí sí, leis . . .'

'Ná raibh súd pósta cheana? Bhí bean eile ag an ndiabhal i Chicabee Falls. Thug sé deich mbliana ag imeacht eatarthu sular beireadh air . . .'

'Mar ná bíonn siad acu thall. Beirt, sin uile. *Get off the train before it stops*, ab ea? Mo léir, bíonn pleananna nach é acu . . .'

'Mhuise, go bhfóire Dia orainn, tá fuar acu bheith ag feitheamh le tuairisc uaidh siúd! Nach ina *hobo* ag imeacht roimis atá san ó chuaigh sé sall, ach ná sceith orm leo anois, a Nóra . . .'

Ar deireadh chuimhnigh Ceaite ar phlean. Dul in airde staighre ag déanamh a cuid ceachtanna, mar dhea, ach is lastuas de lúib an staighre a d'fhan sí, agus a cluas le héisteacht. Is anso a chuala sí iad ag cur síos ar an scoil go rabhadar uirthi fadó.

'Ní cheadófaí a leithéid i Meiriceá,' a deir Aintí Kate. 'An gcreidfeá go mbíonn tromluí agamsa fós mar gheall ar an scoil sin. Tar éis oiread sin blianta, cuimhnigh! Cén saghas brúide a bhí sa tseana-mháistreás san in aon chor, agus leanaí aici féin ag baile! Trasna na deisce, an cuimhin leat?'

'Ó, níor imigh sé riamh ormsa. Is dóigh liom go raibh eagla uirthi roimh m'athair. Bhíos-sa agus Síle in ainm a bheith leochaileach mar gheall ar na garsúin a cailleadh romhainn.'

'Ó, thugas-sa na cosa liom leis uaithi, ní fheadar conas, ach bhí sé nach mór chomh holc bheith ag féachaint ar leanbh eile á fháil.'

'Neillí Bhruadair, agus níorbh aon uair amháin é. Agus ina dhiaidh san, chím fós os comhair an ranga í, agus prioslaí léi, ag iarraidh teacht timpeall ar fhocail nár thuig sí. *I beg pardon the mistress and the master and all the little pupils at school* sara ligtí di suí.'

'Má bhí sí ábalta suí.'

'Bhí an seana-mháistir chomh holc céanna. Bhaineadh sé sin an treabhsar anuas de na garsúin.'

'Ar mh'anam nár dhein sé an tarna huair le Peats so againne é. Cad a dhein sé ach tairní géara a chur in ionad na gcnaipí ina threabhsar, agus leis an ngriothal a bhí ar an máistir chuige, nár strac sé agus nár stoll sé a lámha leis na tairní! Ní chuaigh sé ina ghaire as san amach. Nílid mar sin anois, an bhfuilid, a Nóra?'

'Nílid. Bhí an iomarca *power* acu an uair sin. Bhí an cúpla punt ag teacht isteach chuchu, rud ná raibh ag éinne eile. Ó, tá an mháistreás is deise ar an dtalamh ag Ceaite. Anuas ó North Kerry. Ó, an Béarla deas atá aici.'

'Is é an Béarla is fearr do na leanaí, leis, agus gan a bheith ina mbalbháin fé mar a bhíomarna.'

'Dá gcloisfeá na paidreacha deasa Béarla a mhúineann sí dóibh, go dtí an *Immaculate Conception* agus go dtí an *Sacred Heart* . . .'

Bhraith Ceaite í féin ag deargú suas go bun na gcluas. An raibh an mháthair chun eachtra na dtomhasanna d'insint d'Aintí Kate? Níor fhan sí lena thuilleadh a chlos. Chuir sí di in airde staighre agus sháigh a ceann isteach i bpiliúr na leapan. Bhí an eachtra úd chomh gonta gafa ina croí agus a bhí an lá a thit sé amach. Cathain, ó cathain a bheidís ag aistriú go Meath, go mbeadh scoil nua aici agus máistreás nua. Ón lá mí-ámharach úd, ní ligeadh an mháistreás uirthi go gcíodh sí Ceaite, ní labhradh sí léi, ní chuireadh sí ceist uirthi, chuma chomh minic agus bhíodh a lámh in airde aici. Ní raibh sé *faire*álta. Ar Cheaite féin a deineadh an éagóir an lá san. Tomhas a tharraing an tranglam. Ón uair úd a bhí an cigire ar scoil, ní raibh aon stad ar an máistreás ach ag lorg tomhasanna ar an gcéad rang agus á scríobh síos i leabhairín a bhí aici. Agus bhí tarrac ar thomhasanna á dtabhairt chúichi ag Ceaite óna Neain. Ach anois bhí Neain bailithe léi, agus bhí an beagán a bhí ag Graindeá ídithe, ní raibh aon tomhas ag an athair, agus is mó suim a bhí ag an máthair in irisí Mhaisie ná i dtomhasanna – agus ar aon tslí, ní fhéadfá éinní a fhiafraí di, mar bhí Pól tachtaithe suas le slaghdán.

'Tá scata tomhasanna ag mo Mhamsa,' a deir Máiréidín Bhurke. 'Gaibh i leith chughainn anocht nuair a bheidh sí suite síos.'

Timpeall na tine a bhíodar bailithe, cuid acu ar a gcorraghiob, a thuilleadh acu sínte, ag Maggie a bhí an t-aon chathaoir ná raibh briste. Tine mhór mhóna acu go raibh scolb giúise ina croí. Thall ag an mbord a bhí an cúpla agus muicín bheag ramhar á seoladh acu eatarthu, ó íochtar an bhoird go huachtar an bhoird – peata bainbh a fuaireadar ó Mháire Ghinneá, mar ná raibh siní a dóthain ag an gcráin.

Anois agus arís, bhéiceadh Maggie sall orthu. 'Seachnaígh mo bhainbhín anois, agus ná ligidh dó titim – sin é an bainbhín a thabharfaidh Saintí chughaibh fós!'

Bhí Marcas suite ar phaca agus a dhrom leis an adharta aige, é ina chodladh ba dhóigh leat, ach go raibh sé anois is arís ag cur a spéice féin isteach sa chomhrá. Comhrá? Cibeal ceart a bhí ann le caint is gáirí. Thosnaigh na tomhasanna. Níor thuig Ceaite leath acu, ach go bhfuaireadar féin sult an domhain astu. Ní fheadar sí an tomhasanna cearta a bhí iontu in aon chor, nó an iad féin a bhí á ndéanamh suas d'aon ghnó. Bhí an cúpla tagaithe anall ina measc anois agus an bainbhín luite idir chosa Mhaggie, fé mar thuigfeadh sé gurb ansan ba shábhálta dó.

'Tabharfadsa ceann maith dhuit don Máistreás, a Cheaite,' a deir Maggie. 'Dhá phluic mhóra agus poillín caoch eatarthu istigh!'

Bhéiceadar go léir amach ag gáirí.

'Agus cén freagra atá air?' a deir Ceaite.

D'éirigh ar na gáirí.

Chuir Máiréidín cogar ina cluas. Las aghaidh Cheaite.

'Ó,' a deir sí, 'ní fhéadfainn an tomhas san a rá leis an máistreás.'

'Dhera gan dabht, a chroí, ní fhéadfá, chun seoigh a dúrt é,' a deir Maggie. 'Fan bog anois go gcuimhneoidh mé ar cheann deas duit.'

Thosnaigh an cibeal arís – gach éinne ag iarraidh go gcloisfí a thomhas féin. Agus leis sin, glaodh abhaile ar Cheaite.

'Seo leat, a chroí,' a deir Maggie, 'cuimhneodsa ar thomhas maith fós anocht agus tabharfaidh mé do Mháiréidín duit é ar maidin.'

Ach níor thug – nó má thug bhí sé dearmhadta ag Máiréidín.

'Nach cuma,' a deir sí. 'Abair an ceann eile úd aréir!'

'Ó, ní fhéadfainn é sin a rá.'

'Arú, níl aon díobháil sa tomhas a rá – ní gá dhuit an freagra a rá.'

'Ó, ní fheadar, ní fheadar –

Tar éis an rolla a ghlaoch a thosnaíodh na tomhasanna. Bhíodh na naíonáin ag imirt le marla, Rang 2 sna deasca ag scríobh síos ón gclár dubh agus Rang 3 ina seasamh timpeall an fhalla ag foghlaim litriú.

Bhailigh an mháistreás Rang 1 timpeall an bhoird. I lár an bhoird bhí bosca seacláidí oscailte. An té go mbeadh an tomhas ab fhearr aici, cead aici a rogha ceann a phiocadh amach as.

Thosnaigh na leanaí ar na tomhasanna, duine ar dhuine. Tháinig uain Cheaite.

'Anois, a Cheaite,' a deir an mháistreás, 'bíonn ceann maith agatsa i gcónaí.'

Ní dúirt Ceaite faic.

'Níl sé dearmhadta agat, an bhfuil? Bí ag smaoineamh air *while I am writing down Eibhlín's.*'

D'fhéach Ceaite sall ar Mháiréidín cois an fhalla. D'ísligh sí sin a leabhar agus chrom a ceann mar a bheadh sí ag cur misnigh uirthi.

'Bhuel, Ceaite?' a deir an mháistreás.

'Nílim ábalta cuimhneamh air, a mháistreás.'

'Ó anois, táim cinnte go gcuimhneoidh tú fós air. *Let's hear the rest of you first.*'

Tháinig na tomhasanna eile, ceann ar cheann. Bhí Ceaite ag súil go ndéanfadh sí dearmhad teacht thar n-ais chúichi féin, ach níor dhein.

'Now,' a deir sí, '*the best for last.* Ceaite?'

Súil eile ar Mháiréidín. Chrom sí sin a ceann cúpla uair de dhrom a leabhair, mar a bheadh sí a rá, 'A óinsigh, cad atá ort, agus seacláidí breátha ansan sa bhosca ag feitheamh leat–'

Ghlan Ceaite a scornach. Thosnaigh sí, íseal, slóchtach – 'Dhá phluic mhóra–'

'*Out loud, please,*' a deir an mháistreás.

'Dhá phluic mhóra agus poillín caoch eatarthu istigh!' – mór ard, tapaidh.

D'ardaigh fochailín sna deasca a gceann, agus d'fhéach ar a chéile agus fátha an gháire ar a mbéal.

Rang 3 in aice an fhalla, dhruideadar in aice a chéile, agus féscáth na leabhar, chuaigh cogar mogar eatarthu agus sciotaíl bheag gháirí.

Ach ní raibh an tomhas cloiste cheana timpeall an bhoird, agus bhíodar ag tabhairt buille faoi thuairim as béal a chéile – poll tráthair, nead dreoilín, poll luiche. 'Ní hea,' 'ní hea,' ag Ceaite leo.

'Bhuel, Ceaite,' a deir an mháistreás, 'sin é an ceann is fearr fós, níl an freagra ag éinne. *I must make a special note of that one.* Tusa a gheobhaidh an tseacláid inniu, a Cheaite.'

Tháinig éirí croí ar Cheaite. Tháinig uisce lena fiacla. Bhlais sí cheana féin milseacht shuaithinseach na seacláide.

Stad an mháistreás den scríobh agus d'ardaigh a peann.

'Agus anois an freagra!'

Thit an lug ar an lag ar Cheaite. Thriomaigh a béal suas.

'Bhuel, Ceaite?'

'Ní fheadar. Tá sé dearmhadta agam.'

'Tá sé dearmhadta agat? Conas, mar sin, go raibh a fhios agat ná raibh an freagra ceart ag éinne?'

Bhí beirthe uirthi. Chaithfeadh sí é a rá. Ach nár chuma, bhí an tseacláid buaite aici.

'*Yes*, Ceaite?'

Stad an scríbhneoireacht sna deasca. D'ísligh na leabhair timpeall an fhalla. Dar le Ceaite go raibh cluas le héisteacht ar na fallaí féin.

'Do thóin, a mháistreás,' a deir sí de chogar.

'*I beg your pardon – I didn't catch that.*' Bhí sí ag lorg páipéar súite le cur ar a leabhairín. '*Out loud, please!*'

'Do thóin, a mháistreás!'

D'fhéach na cailíní beaga eile ar a chéile, chuaigh sciotaíl bheag gháirí tríothu agus do stad. Bhí a gceann fúthu acu so sna deasca agus iad ag scríobh ar dalladh. Bhí na leabhair ardaithe timpeall an fhalla agus goidé foghlaim ar siúl. D'éirigh an mháistreás ina seasamh agus aghaidh bhán uirthi. '*O, Jesus, Mary and Joseph,*' a deir sí, á coisreacan féin arís is arís eile.

Strac sí an bhileog as an leabhairín, rinne burla de agus chaith 'on tine é. D'iompaigh sí isteach ar an bpictiúir a bhí ar an bhfalla, a dhá láimh snadhmtha ina chéile aici, a súile dúnta. '*O Sacred Heart of Jesus,*' a deir sí, '*I place all my trust in thee! Sweet Jesus, give me patience with these – these – coarse, common, uncouth, uncivilized – pagans . . .*' Agus ansan d'iompaigh sí ar Cheaite. '*You! You with your filthy, dirty, language, get out of my class this minute! Out of my room altogether! Go and stand out there in the hall – at the door where I can see you, please, and remain there for the rest of the day!*'

Agus sea d'fhan, ó chos go cos, í i racht titim as a seasamh leis an laigíocht – agus is é a mharaigh í, as an gclismirt go léir, ní bhfuair sí an tseacláid a bhí buaite aici . . . Ach níorbh é deireadh fós é.

Ana-áit cadarála i measc na mban ab ea an séipéal tar éis Aifreann an Domhnaigh. Dhruididís isteach le chéile sa stól agus thairigídís chun tosaigh an dá sheál i slí agus go mbeadh póirse beag eatarthu, póirse nár ghá ach an cogar is lú chun go gcloisfidís féin a chéile, ach ná raibh aon bhaol go gcloisfeadh éinne eile iad.

Bhí Ceaite istigh ón Aifreann an Domhnach ina dhiaidh san i dteannta Ghraindeá. Bhí na háraistí nite acu, an chistin réitithe, scuabtha, agus prátaí an dinnéir curtha ag beiriú, nuair a tháinig an chuid eile ón Aifreann. Cheap sí go mbeadh an mháthair ana-shásta, mar an Domhnach go mbeadh an t-athair istigh, ní bheadh faic déanta.

Ach anois is amhlaidh a bhí sí chuchu isteach agus faobhar fúithi.

'Dheara, a dhiairín,' a deir sí ag déanamh sall ar Cheaite, 'cén chaint shalach é seo a bhí agatsa don mháistreás ar scoil an lá eile? Níl de phort ar fuaid na háite ach é. Táimid náirithe agat!'

Thug sí seáp fé Cheaite ach tharraing Graindeá laistiar do í.

'Fóill, fóill arú,' a deir sé. 'Cad tá suas?'

Scartadh gáirí a lig sé as nuair a chuala sé é – rud a mhéadaigh ar an ngomh a bhí ar an máthair.

'Táim ag dul cruinn díreach go dtín mháistreás ar maidin,' a deir sí, 'agus táim chun a rá léi nach sa tigh seo a chualaís riamh caint dá shórt–'

'Mhuise, a Nóra, bíodh ciall agat agus fan uaithi,' a deir Graindeá. 'Cad a bhí ann ach caint nádúrtha? Is measa an mháistreás a thóg aon cheann de. Í ag teacht chughainn anuas ó North Kerry agus gan an tarna focal Gaolainne ina pus, ná aon tuiscint aici uirthi. Hu – dá n-imeodh aon iomard ar a tóin féin agus go gcaithfeadh sí dul 'on ospidéal leis, is maith tapaidh a chuirfeadh sí í féin in iúil agus ní bheadh aon scáth uirthi an focal a úsáid ach oiread. Ach dúirtse-dáirtse ban fé ndear é seo ar fad agus is measa tusa, a Nóra, bheith dod shuathadh féin leo.'

Thug Ceaite na cosa léi – ach mar sin féin, bheadh náire uirthi dá mba dhóigh léi go gcloisfeadh Aintí Kate mar gheall ar an eachtra.

Ach ansan tar éis cúpla lá d'imigh Aintí Kate agus d'imigh an trunc as an seomra agus d'imigh boladh Mheiriceá as an dtigh agus boladh an chaife as an gcistin – agus fé mar a bheadh an nimh ar an aithne, cé a thiocfadh an tarna lá ach Aintí Síle aníos thar cnoc.

Conas a chuala sí go mbeidís ag aistriú agus gan é ráite le héinne lasmuigh den dtigh fós, b'in é an t-iontas.

'Ó, 'Dhaid, a Dhaid,' a deir sí ag déanamh suas ar

Ghraindeá sa chúinne agus ag breith isteach air. 'Tánn tú ag imeacht uainn! Tánn tú ag imeacht uainn go dtín *strange place.* Ó, mo Dhaid bocht!'

Baineadh ana-phreab as Graindeá. 'Níl aon ábhar caointe sa tigh seo,' a deir sé go giorraisc. 'Táimid ag aistriú, sin uile.'

'Ó, ach an tseana-láthair a fhágaint . . .' Lean sí uirthi.

'Dhera ná fuil an tseana-láthair fágtha cheana againn,' a deir Graindeá. 'Cén díobháil aistriú eile? Ná fuil sé in am agam bogadh amach, agus smut den ndúthaigh a fheiscint? Ní fheadraís ná gur baintreach bheag dheas a bhuailfeadh liom ansúd thíos.'

B'in é an chéad uair aige ag déanamh seoigh mar sin ó cailleadh Neain.

D'iompaigh Aintí Síle ar an máthair.

'Ó, Nóra, Nóra,' a deir sí, *'you'll die with the lonesome there.* Táimse thíos thar cnoc le deich mbliana agus féach, go dtí an lá atá inniu ann, níor gheal mo chroí dó.'

'Gheobhaimid taithí air,' a deir an mháthair. 'Is mó rud is measa ná aistriú.'

'Ó, ach an *strange place* agus na *strange people*–'

'Beidh a mhalairt de chúram sa tigh orm chun aon cheann a thógaint dóibh.'

'Ach cad mar gheall ar mo Dhaid bocht.'

'Cad mar gheall air?'

'Caillfear leis an uaigneas é.'

'B'fhéidir gur mhaith leat féin é a choimeád síos thar cnoc?'

'Ó, dhéanfainn agus fáilte, dá mbeadh an tslí againn, ach níl. Caithfidh an garsún anois a sheomra féin a bheith aige. Ar aon slí, ní bheadh éinne aige chun labhairt leis ansan thíos; an fear bocht, is amhlaidh a bheadh sé–'

'Táimse maith go leor fé mar atáim,' a deir Graindeá, ag briseadh isteach uirthi. 'Agus bead maith go leor fé mar a bhead leis, le cúnamh Dé.'

Shuigh Aintí Síle síos. Dhein an mháthair an tae, agus bhí sí ag cur síos di ar nuacht an bhaile, agus ar Aintí Kate. Ach ní raibh Aintí Síle ag éisteacht go róchruinn léi, mar is amhlaidh a bhí a súile ag piardáil thall is abhus timpeall na cistine.

'Ná deas é do dhrisiúr,' a deir sí, '*jug*anna deasa mo Mham, agus na tae*potaí* go léir.'

'Go dtí an tigh nua a thánadar san. Bronntanais iad.'

'Nach greanta iad! Ba é an trua dá mbrisfí iad san aistriú.'

'Ní bhrisfear, mar pacálfaidh mé féin i mbosca iad.'

'Ach ná beidh an drisiúr san ró-*oldfashioned* ansúd thíos? Tá siad caite amach ag gach éinne anois síos thar cnoc. *China cabinets* atá acu.'

'Tá an drisiúr ag teacht inár dteannta, mhuis.'

'Agus cad mar gheall ar an *stove*?'

'Cad mar gheall air?'

'Níl tú á bhreith leat?'

'Nílim fós, ach go háirithe. Bheadh moill ar é a thógaint amach anso, agus é a chur isteach ansúd, agus ní fhéadfaimid déanamh gan tine. Fágfaimid mar a bhfuil sé go fóill é. Sa tsamhradh, le cúnamh Dé, nuair a bheimid socraithe síos, is fuiriste dúinn teacht thar n-ais ag triall air.'

'Líonfaidh sé de mheirg.'

'Is fuiriste an mheirg a bhaint anuas arís de.'

Bhí cuma chráite ag teacht anois ar chuntanós Aintí Síle.

'Féach,' a deir an mháthair, 'má tá aon dúil agat in aon cheann de na *jug*anna san ar an ndrisiúr, beir leat é.'

'B'fhearr liom an tae*pot* sin,' a deir sí.

'Tae*pot* na *Stations*?'

'Ní bheadh aon *Stations* agaibh i *Meath* nuathair.'

'Cuma é. Kate a chuir chughainn ó Mheiriceá é sin nuair a phósamar, agus ní ligfinn uaim ar aon ní é. Ach maidir le *jug*anna Mham, bíodh do rogha ceann acu agat.'

D'ardaigh sí léi an ceann ba dheise acu. Ceann mór, geal, go raibh rósanna dearga ar a chiumhais, agus pictiúr ann de bhean óg go raibh gúna mór fada gorm uirthi lán de ribíní, agus fear in aice léi go raibh bríste dubh glúine air, agus léine gheal. Ba bhreá le Ceaite bheith ag féachaint orthu araon, agus bheith ag samhlú an sórt saoil a bhí á chaitheamh acu sna héadaí breátha san . . .

Casóg a chaitheadh Aintí Síle. Bhí cuma chomh pulctha san uirthi istigh ann, mar bheadh mála mine go mbeadh téadán tarraingthe timpeall air leath slí suas. An mar sin a bheadh ag an máthair i *Meath*? Gafa i gcasóg nár oir di, in ionad a híochtar Domhnaigh, is a seál deas dubh?

Socraíodh dáta an aistrithe. Thiocfadh leoraí Pheats Sheáin ón mbaile mór le breacadh an lae agus bhéarfadh sé leis troscán an tí agus bheadh slí ann chun tosaigh do Ghraindeá agus do Cheaite.

'Ana-fhear cuileachtan é Peats,' a deir Graindeá. 'Tá aithne riamh againn ar a chéile. Ní bhraithfimid an turas.'

Leanfadh an chuid eile den líon tí iad i ngluaisteán. Bhí cúpla cúram fós le socrú sa bhaile mór ag an máthair. Ceann acu, casóg bháistí a bhí in áirithe aici a bhreith léi. Ní raibh aon ghnó aici seál a chaitheamh i *Meath*, a dúirt sí.

Scaip an scéala ar fuaid an pharóiste agus thosnaigh na gaolta ag teacht ó gach aon treo ag fágaint slán is beannacht ag muintir an tí.

'An diabhal an stadfaidh siad choíche,' a deir Graindeá, 'anois a thuigim cad a d'imigh ar na Cathalánaigh thuaidh.'

Athair, máthair agus ceathrar iníon a bhí sna Cathalánaigh. Bhíodar le haistriú go *Meath* lá arna mhárach, bhí na hainmhithe díolta, gach aon ní socair, pacáilte, réitithe, nuair a tháinig scata mór de na gaolta in éineacht ag fágaint slán acu. Thugadar deoch leo, agus nuair a chuaigh an braon fén bhfiacail acu, thosnaíodar ar olagón is ar chaoineadh.

'Ba chuma liom,' a deir duine acu le fear an tí, 'dá mbeadh mac féin agat, ach tá tú ag tarrac na tranglála so ar fad ort féin, ar mhaithe le cleithire de chliamhain a tharraingeoidh leis an rámhainn sa ghort ort fós, b'fhéidir.'

'An diabhal go bhfuil an ceart agat,' a deir fear an tí, a bhí bogtha go maith leis fén am so. *'Done with the dance.* Ní chorróimid as an bpaiste seo, ná an diabhal é!'

Agus dhein rancás láithreach den uaigneas, agus bhailigh na comharsana isteach, agus bhí oíche go maidin sa tigh. Agus le breacadh an lae, nuair a tháinig an leoraí chun a gcuid aistrithe a thógaint leis, chaith sé iompó timpeall sa bhuaile, agus dul abhaile arís. Ach go raibh dua an domhain acu ina dhiaidh san, ag imeacht thall is abhus ag iarraidh na hainmhithe a cheannach thar n-ais, go háirithe an capall ó na tincéirí.

Bhí éinne amháin de na gaolta agus ní róshásta a bhí Graindeá leis. Seanduine a bhí ann, comhaos dó féin. Nuair a bhí sé ag imeacht, sheas sé sa doras, agus dúirt sé leis an máthair.

'Is diail mar tá sé féin ag teip orm, mhuis. Cogar anois, a Nóra, ná cuiridh é i ngan fhios dom. Níor mhaith liom gan dul ar a shochraid.'

'Nár lige Dia dhom amach tú,' a deir Graindeá a chuala gach aon fhocal, 'agus b'fhéidir le Dia mhuis gur mise a bheadh ar do shochraid féin.'

Rud a bhí, dhá lá sular aistríodar.

Caibidil VI

Lár an Aibreáin a bhí ann. Bhí lá an aistrithe ag druidim leo. Diaidh ar ndiaidh bhí an áit ag folmhú. Na cearca ba thúisce a d'imigh. Nuair a tháinig Ceaite abhaile ón scoil b'ait léi an ciúnas a bhí sa gharraí. Níor thuig sí go dtí san an gheoin a bhíodh acu. Agus bhídís chomh dána. Nuair ab fhada leo a bheadh an bia ag teacht chuchu, léimidís in airde ar fhuinneog na cistine lasmuigh agus bhídís ag prioc preac ar an ngloine. Joanie Scanlain a thóg iad, ach chaith sí iad a choimeád istigh sa bhothán, nó d'éalóidís thar n-ais. Thóg sí, leis, cearc ghoir go raibh ál lachan óg fúithi. Bhí Ceaite ag súil go mbeadh na lachain óga tagtha amach sula n-aistreoidís; bhídís chomh deas, bog, buí, agus an laochas a bhíodh ar an gcearc ag máirseáil timpeall an gharraí leo, go dtí go gcíodh sí iad ag léimt isteach sa lochán a bhí i gcúinne an gharraí. Ansan ní mór ná go gcailleadh sí a ciall le heagla a mbáite.

Maisie a thóg na géanna agus an gandal.

'I gcomhair na Nollag,' a deir sí.

'Le cúnamh Dé,' a deir Léan, 'ach caithfidh Mártan ceann acu a fháil ar dtúis.'

'Cé Mártan?' a deir Maisie. 'Ná fuil Mártan ag dul go *Meath*?'

Agus seo Léan ag míniú di an nós a bhí sa dúthaigh gé nó lacha nó sicín a mharú Lá Fhéile Mártain sa bhfómhar, in ómós dó.

D'iompaigh Maisie a súile in airde chun na bhFlaitheas, ach ní dúirt sí faic.

Máire Ghinneá a thóg na lachain. Ní bhfaigheadh Tomás Ghinneá aon tsásamh in aon ubh eile ach ubh lachan, agus bhí a cuid lachan féin scuabtha leis ag an madra rua lá go gcuadar rófhada ó bhaile sa tséithleán ón dtobar.

'Ó, ní hé, a mhalairt a dhein é,' a dúirt Tomás Ghinneá, 'ná faca le mo shúile féin *lot* géanna á dtiomáint roimis aige lá suas i dtreo a phluaise sa chnoc. Ach tabhairse fé ndeara gur chuireas-sa teann deabhaidh ar an mbligeard, agus, ó, dá mbeadh gunna agam!'

Bhí gach éinne ar an mbaile ag faire ar na ba, agus iad ag cantáil ar a chéile mar gheall orthu, ach dhíol an t-athair in éineacht iad le feirmeoir mór as an bParóiste Theas, Mac Uí Shé. Thiocfadh sé ag triall orthu chomh luath agus bheidís crúite an mhaidin roimh ré, a dúirt sé. Scanlain a cheannaigh an capall, Maidhc Néill an pónaí.

'Tá sí féin ag caint ar *thrap* a cheannach, más é do thoil é, chuige sin an pónaí,' a deir Léan. 'A leithéid d'éirí in airde! Níl an chairt chomónta maith a dóthain a thuilleadh di, ach ní deirim faic.'

'Ní fheadar canathaobh ná féadfaimis ár gcuid ainmhithe féin a bhreith linn go *Meath*,' a deir an mháthair.

'Geobhaimid ainmhithe chomh maith leo i *Meath*,' a deir an t-athair, 'agus geobhaimid gan faic iad.'

'Canathaobh go bhfuil an madra ag dul go *Meath* agus ná fuil an cat?' a deir Ceaite.

Bhí an madra so nua sa tigh, agus ní leanadh sé í, ná ní dheineadh sé rud uirthi mar a dheineadh Seip. Ach bhí sí ceanúil ar an gcat.

'Beidh gá leis an madra timpeall stoic,' a deir an mháthair.

'Ná beidh gá leis an gcat timpeall luch is francach?'

'Geobhfar cat eile thíos.'

Gan dabht, ní raibh aon ghean ag an máthair don gcat. Bhíodh sé i gcónaí ag faire ar a sheans chun léimt ar an mbord agus a cheann a shá síos i gcrúiscín an bhainne. Agus ansan bhí an lá úd ann gur ghreamaigh sé a méar. Suite ag an mbord a bhí sí tar éis dinnéir, agus í ag bailiú dhríodar éisc na bplátaí i dteannta a chéile, agus pé slí gur lig sí do lámh léi titim síos cliathánach, fuair an cat boladh an éisc ó mhéar léi agus cheap sé gur smut éisc a bhí aici á thathant air, agus chuir sé fiacail go cnámh inti.

'B'fhéidir ná faighfeá cat chomh maith leis thíos,' a deir Ceaite.

'Geobhad agus cat níos fearr ná é. Ar aon tslí, níl sé seansúil cat a aistriú.'

'Canathaobh?'

'Mar ná fuil. Agus rud eile de, ní maith le cait aistriú. Is sásta a bhíonn siad san áit go bhfuil taithí acu air.'

'Caillfear den ocras é má fhágaimid inár ndiaidh é.'

'Téadh sé ag fiach dó féin, nó neachtar acu, tabhair sall tigh Bhurke é. Tá siad i ngátar cait, ná fuil siad?'

Bhíodar, mar gur shuigh duine acu ar an gcat a bhí acu agus dhein pleist de. An chéad cheann eile a fuaireadar, sháigh duine eile acu an madra fé, agus le scanradh, is amhlaidh a léim an cat bocht laistiar den dtine uaidh, agus chuir de in airde an simné, mar ar mhúch an deatach é.

Níor mhaith le Ceaite aon íde mar sin a imeacht ar an gcat. Cé ná bíodh sí féin rómhór leis uaireanta. Ní thaitníodh léi an tslí a bhíodh sé ag imirt le luch sula maraíodh sé í. Á crá, á ligint uaidh, mar dhea, agus ansan ag léimt sa mhullach arís uirthi. Nuair ná bíodh éinne timpeall, gheibheadh sí maide, agus chosnaíodh sí an luch air, agus ligeadh sí léi thar n-ais 'on pholl.

Ach dá gcífeadh a máthair í! Chaití lucha a mharú nó d'íosfaidís istigh sa tigh tú, deireadh an mháthair. Ba mheasa arís iad na francaigh, ní mar gheall ar an méid a d'ithidís, ach an méid a loitidís. Mála mine pollta ina chliathán acu, agus a leath doirtithe amach. Cúil phrátaí agus greamanna bainte as gach aon cheann acu. Íochtar stáca coirce agus mionrabh déanta de.

Mar gheall ar na lucha is na francaigh a chaití na stácaí coirce a athdhéanamh leath slí tríd an ngeimhreadh. Larry ag caitheamh anuas den seanstáca, an t-athair ag tógaint an stáca nua in aice leis ar bhonn cloch agus craobh. Punann ar phunann, stáca ag titim de réir mar a bhí stáca eile ag éirí. Síos go dtína íochtar, agus ansan stad, glaoch ar chabhair, Graindeá, an mháthair, Neain faid is a mhair sí, Ceaite féin. Gan aon tseans ag Ceaite éalú mar a d'éalaíodh sí ó mharú na muice.

Cruinn timpeall íochtar an stáca, iad ar fad bailithe, craobh fiúise ina ndorn, an madra ar tinneall, boladh francaigh fachta cheana féin aige, an cat agus cochall air, a eireaball ag imeacht anonn is anall le fíoch chun fiaigh. Craobh fiúise ag an athair féin i láimh leis, agus é ag tarrac punainne amach leis an láimh eile, liú as nuair a d'éiríodh luch amach.

'Buail í, buail í, maraigh í, féach sall ceann eile acu, seachain, ná lig uait í, tarraing uirthi, sin é é.'

Punann eile á tarrac amach. 'Th'anam 'on diabhal, neadacha acu atá ann.' Lucha beaga óga bándearga, casta ina chéile mar bheadh ál banbh, ag snámhán isteach ina chéile, agus ansan praiseach á dhéanamh dóibh ag craobhacha fiúise. Sianaíl, marú, fuil. Punann eile á tarrac amach. Francach mór liath ag preabadh amach an turas seo, greamaíonn an madra sa chúl é, croitheann agus maraíonn. Punann ar phunann. Nead eile luchbhainbhíní, batráil mharfach eile. A máthair ag éalú tríd an easair, í gafa agus treascartha ag an gcat. An phunann dheiridh. Deireadh leis an eirleach. Bonn an tseanstáca anois, agus cearca agus lachain an gharraí bailithe isteach ann ag priocadh sa mhionrabh arbhair. Cloch thall is abhus ann, smeartha le fuil is putóga . . .

Ní fhéadfadh Ceaite dul i ngaire an chait ar feadh seachtaine. Ach diaidh ar ndiaidh, thagadh sé timpeall uirthi arís. Bhíodh sé á leanúint i ngach aon áit, á chuimilt féin dá cosa is ag crónán léi. Chaithfeadh sí é a bhreith léi go *Meath*. Mar, siúrálta, dá bhfágfadh sí ina diaidh é, thiocfadh duine de na Búrcaigh bheaga suas leis, agus ní maith an chrích a d'imeodh air. Ach conas a dhéanfadh sí é i ngan fhios dá máthair? Chuimhnigh sí ar é a chur isteach i gcupard íochtair an drisiúir, nuair a bheadh sé in airde ar an leoraí, ach b'fhéidir gurbh amhlaidh a mhúchfaí istigh ann é. Chuimhnigh sí ar é a chur i mbosca ag a cosa i dtosach an leoraí, ach is ansan a bhí an mháthair chun áraistí an drisiúir a chur, agus chífeadh sí ann é. Ní fheadair sí cad a dhéanfadh sí.

An lá déanach sa tigh. Agus oiread san fós le hullmhú don dturas. Luath ar maidin crúdh na ba. Cuireadh an bainne sa tanc. Cuireadh an tanc sa chairt.

'An bhfuil a thuilleadh le dul isteach sa tanc?' a bhéic an t-athair ón mbuaile. Ní bhfuair sé aon fhreagra. Isteach sa chistin leis.

'Cá bhfuil do mháthair?' a deir sé le Ceaite.

'Ní fheadar. I dtigh na mba ag sniogadh, is dócha.'

'Síos leat agus fiafraigh di an bhfuil a thuilleadh bainne le dul sa tanc.'

Sheas Ceaite ag doras thigh na mba. Análú trom na mba, ag meascadh le cogaint na círe acu. Boladh féir, bainne, bualtraí. Ansan chonaic sí an mháthair ag dul ó cheann go ceann de na ba, á gcuimilt, ag cogarnach leo. B'ait léi labhairt.

Chonaic an mháthair sa doras í.

'A Cheaite, cad tá uait?' Bhí a glór sórt íseal tachtaithe.

'Daid atá ag fiafraí. An bhfuil a thuilleadh bainne le dul isteach sa tanc?'

'Níl. Sin deireadh anois, deireadh go deo deo arís,' agus leag sí a ceann ar ghuala cheann de na ba.

'A Mham, cad tá ort?'

D'ardaigh an mháthair a ceann agus chuimil bos siar dá súile.

'Arú, níl faic, a chroí, faic in aon chor, ach uaigneas a bheith orm i ndiaidh na mba. Mé féin atá ina gcúram riamh. Mé a thóg iad ó bhíodar ina ngamhna agus a d'fhéach ina ndiaidh nuair a bhí a ngamhna féin acu. Geibheann tú ceanúil orthu. Sin uile. Nach ait é mé.'

Béic ón athair sa bhuaile. 'A Cheaite!'

'Ó, seo leat suas chuige sin, a Cheaite, agus lig chun siúil é. Beadsa id dhiaidh suas. Tá oiread san le bailiú le chéile inniu againn, ní fheadar cár cheart dom tosnú,' agus bhí a glór anois fé mar bhí riamh.

An t-athair thar n-ais ón gcréamaraí. Fothram folamh ag an dtanc á thógaint den chairt.

'Níor bhacas leis an mbainne bearrtha. Cad chuige.'

'Cad chuige go díreach, mhuis.'

'Ar tháinig súd ag triall ar na ba?'

'Níor tháinig.'

'Is é an diabhal é, mhuis. Gheall sé dom . . . An bhfuil Larry éirithe?'

'Tá glaoite agam trí huaire air.'

'Cuirfeadsa deabhadh as an leaba air. B'fhéidir gurb é a chaithfeadh na ba san a ardach leis as mo radharc fós.'

In airde staighre leis, troisteanna troma ag a bhróga tairní ar an adhmad. Ceaite ag súil le tuairt Larry as an leaba nuair a bhraithfeadh sé chuige é, ach ní hé a chuala sí ach troisteanna troma an athar anuas go tapaidh arís.

'Níl Larry sa leaba,' a deir sé, 'ná níor chodail sé inti aréir.'

Tháinig dath an fhalla ar an máthair. In airde an staighre léi de ráib agus anuas arís.

'Tá a chulaith nua agus a bhróga Domhnaigh, leis, imithe,' a deir sí.

'Bailithe leis go Sasana atá an bligeard,' a deir an t-athair, 'nuair is mó atáimid i ngátar cabhrach.'

'Ach imeacht mar sin, gan aon ní a rá le héinne. An ndúirt sé aon ní leatsa, a Cheaite?' a deir an mháthair.

'Ní dúirt.'

Bhí Graindeá ina sheasamh i ndoras an tseomra.

'Cad tá suas?' a deir sé.

'Larry – tá sé bailithe leis. An ndúirt sé aon ní leatsa?'

'Ní dúirt.'

'Gan slán a fhágaint ag éinne! Agus tá sé ró-óg chun dul go Sasana, más go Sasana atá sé imithe.'

'Más ea, mhuis, sin é an áit a osclóidh a shúile dó,' a deir an t-athair. 'Cífirse thar n-ais é, agus a eireaball idir a dhá chois.'

'Thar n-ais cén áit?' a deir an mháthair. 'Cá bhfios dó cá mbeimid i *Meath*? Ní fhéadfaimid dul ann anois.'

'Caithfimid dul ann. Níl aon dul as againn. Tá gach aon tsocrú déanta don lá amárach,' a deir an t-athair.

'B'fhéidir ná fuil sé i bhfad ó bhaile,' a deir Graindeá. 'Nárbh fhiú labhairt lena pháirtithe?'

Ach ní raibh aon eolas breise ag a pháirtithe, ach gur fhág sé slán acu aréir gairid do mheán oíche. Chuathas ag fiafraí i measc na gcomharsan. Chuathas 'on bhaile mór ag fiafraí an bhfacthas a leithéid ag imeacht ar bhus na maidine, nó ag lorg marcaíochta ar éinne. Ach ní raibh aon tuairisc ag éinne ar Larry ach oiread agus dá slogfadh an talamh é.

Ar deireadh, caitheadh dul go dtí na Gardaí.

'An raibh aon ní ag déanamh mairge dó?' a deir an Sáirsint.

'Chomh fada agus is eol dúinn, ní raibh.'

'Ar chuardaigh sibh timpeall? Ar fhág sé nóta ná aon ní ina dhiaidh?'

Tháinig dath an fhalla ar an máthair.

'Ach tá a chuid éadaigh Domhnaigh beirthe leis aige,' a deir sí.

'Ní chomhaireodh san aon ní,' a deir an Sáirsint go sollúnta.

Thit scamall duaircis anuas ar an mbaile. Stad an obair. Bhailigh fearaibh an bhaile le chéile i dteannta an athar, agus chuadar ag cuardach, botháin, goirt, failltreacha, tránna. Bhí mná an bhaile isteach agus amach go dtí an máthair ag iarraidh misneach a chur uirthi. I lúib an staighre a bhí Ceaite, ag éisteacht leo, agus eagla chúichi uirthi. Ba é Larry an dia beag a bhí aici.

'Canathaobh ná dúirt sé linn é má bhí aon mhairg air i dtaobh aon ní?' a deir an mháthair arís agus arís eile.

'Ó, sin iad garsúin agat.'

'Bíonn rudaí ag imeacht trína gceann i ngan fhios d'éinne.'

'Chuala-sa mar gheall ar leaid dá aois a d'imigh mar san cheana, agus ní fhacthas ré ná radharc air as san amach,' a deir Léan.

'Ó mhuise, a Léan, nach agat a bheadh an focal maith.'

'Fan bog. Ní hamhlaidh a dhein sé . . . Níor imigh aon ní air. Ag dul thar n-ais go dtí coláiste a bhí sé tar éis na Nollag. Bhí scoláireacht aige ann, tháinig sé den dtraein i Magh Ealla agus ní fhacthas as san amach é.'

'A Léan—'

'Ach fan. Lig dom an scéal a chríochnú. Blianta fada fada ina dhiaidh san fuair a mhuintir litir ó bhean i Sasana. Bhí sí pósta leis, a dúirt sí, ach níor luaigh sé riamh léi cad as dó ná cér díobh é. Ach maraíodh é i dtionóisc thógála, agus tháinig sí ar a sheoladh baile i measc seana-pháipéirí leis, agus cheap sí gur cheart di tuairisc a bháis a chur chuchu. Chuir sí chuchu, leis, pictiúr di féin agus é féin, agus dá gceathrar leanbh, agus thug sí turas orthu ina dhiaidh san . . . Deiridís gur doicheall a bhí air dul thar n-ais 'on choláiste, mar go mbíodh na leaideanna eile ag magadh fén mBéarla briste a bhí aige.'

'Ó sin iad garsúin agat. Is deacair dul amach orthu.'

'Ní dhéanfadh Larry aon ní mar sin, óspairt éigin atá imithe air,' a deir an mháthair.

'A Nóra, nárbh fhearr duit a bheith ag gabháil do rud éigin,' a deir Graindeá. 'Tá an drisiúr ansan le folmhú.'

'Ó, a Dhaid, nílim ábalta barra méire a ligint ar aon ní. Cá bhfios dom nach tórramh a bheidh againn fós anocht?' agus thosnaigh sí ag gol arís. 'Ó go maithe Dia dhom é,' a deir sí. 'Bhíos ansan ar maidin agus uaigneas orm i ndiaidh na mba, uaigneas i ndiaidh ainmhithe . . . Agus anois mo gharsún bocht, go maithe Dia dhom é!' Ansan stad sí. 'Na ba!' a deir sí. 'Ar tháinig súd ag triall orthu fós?'

'Níor tháinig,' a deir Graindeá.

'Níl sé ceart na rudaí bochta a choimeád ceangailte istigh feadh an lae. A Cheaite, cá bhfuil tú? Scaoilfead amach chughat iad agus beir leat síos ar an sliabh iad, agus fan ina mbun ann go dtiocfaidh sé.'

Cad ab áil léi á gcur ar an sliabh? Bhí goirt eile níos cóngaraí agus níor ghá aon aoireacht a dhéanamh ar na ba iontu. Annamh go deo a chuirtí na ba ar an sliabh i mí Aibreáin. Nó an ag iarraidh í féin a chur ón dtigh agus ó allagar na mban a bhí sí. Ach anso cois na carraige ina haonar, nár mheasa arís a luigh an bhuairt i dtaobh Larry uirthi!

Bhí sí fuar. Dhearmhad sí a casóg a bhreith léi ón dtigh. Agus bhí ocras uirthi. Ní deineadh aon dinnéar inniu ach cupáin tae. Agus ní raibh aon fhothain sna carraigeacha, cuma cá háit a shuífeá. Ní mar sin a bhíodh sé sa tsamhradh, ach grian agus brothall agus breáthacht ann. Bhí cuma an gheimhridh fós ar an sliabh, fraoch is luachair rua, feoite. An spéir féin trom liath, agus tóin dhubh thiar aici. Fuacht roimh báistí a bhí ann, siúrálta.

Chonaic Ceaite chúichi an chith, é ag sú isteach na gcnoc de réir mar a bhí sí ag déanamh uirthi. Cén diabhal a bhí ar an bhfear san nár tháinig ag triall ar a chuid ba? Ní raibh sí féin chun bheith báite fliuch á bhfaire dó. Raghadh sí sa bhfothain síos 'on phluais. Ar aon tslí, ní raibh aon bhaol go raghadh na ba ag rith leis an mbrothall inniu.

Isteach idir dhá charraig léi agus dhein a slí tríd an bpóirse síos. Ach ag béal na pluaise baineadh stad aisti. Uaithi isteach, chonaic sí cúil mhór phacaí agus dhá bhróg duine ag síneadh amach astu. Scanraigh sí agus d'iompaigh chun teitheadh, ach leis an ngriothal a bhí uirthi, bhuail sí a cos i gcoinne cloiche, agus baineadh barrathuisle aisti. Dhírigh sí go tapaidh, thug súil eaglach eile ar an gcúil, agus ansan chonaic sí an chúil ag corraí, agus d'éirigh ceann mothallach rua aníos amach as a barra.

'Ó, a Larry, Larry, Larry,' a deir sí ag léimt isteach sa mhullach air.

'A Cheaite!' a deir sé go heaglach. 'Cad as a tháinís? Níl éinne leat?'

'Níl, níl.'

'An bhfeacaidh éinne tú?'

'Ní fheacaidh, ní fheacaidh. Ag aoireacht na mba ar an sliabh a bhíos go dtiocfadh an fear san ag triall orthu agus thána anso anuas ón gcith. Ach canathaobh go n-imís uainn, agus cad tá ar siúl agat anso? Tá gach éinne ad lorg, agus sinn ag dul go *Meath* amárach.'

'Nílimse ag dul go *Meath*. Ní theastaíonn uaim dul go *Meath*. Ní theastaíonn ó Mham dul ach oiread, ach tháinig sé siúd timpeall uirthi. Ach ní thiocfaidh sé timpeall ormsa. Táimse ag dul go Meiriceá nuair a chuirfidh Aintí Kate an costas chugham.'

'Ó, a Larry, Meiriceá!'

'Cuirfidh mé rudaí deasa chughat ó Mheiriceá i gcomhair na Nollag, a Cheaite, bábóg ar nós Mhímí. Nó arbh fhearr leat rud éigin eile, casóg nua, b'fhéidir, nó bróigíní? Agus scríobhfaidh tú chugham, ná scríobhfaidh, agus ina dhiaidh so, tiocfaidh tú amach ar saoire chugham agus beidh gluaisteán mór groí agam, agus raghaimid araon ar fuaid Mheiriceá ann. Nár dheas leat é sin?'

Leis sin chualadar madra ag sceamhaíl lasmuigh. Phreab Larry ina sheasamh.

'Táthar chughainn. Tá beirthe orm!' D'fhéach sé timpeall, a dhá shúil lán d'fhiántas. 'A Cheaite, cabhraigh liom,' a deir sé. 'Féach, raghaidh mé i bhfolach sa scoilt sin thall agus sáigh tusa na pacaí lasmuigh díom, agus má thagann éinne, ná lig faic ort. Ná sceith orm, a Cheaite.'

'Ní sceithfead, ní sceithfead.'

Ach níor tháinig éinne. Agus bhí an madra ag sceamhaíl leis i gcónaí, agus anois guth fir ag ordú air. Shleamhnaigh Ceaite amach as an bpluais, agus ansan rith sí thar n-ais agus tharraing amach na pacaí as an scoilt.

'Ní baol duit, a Larry. É siúd eile atá tagtha ag triall ar na ba, Mac Uí Shé. Leis sin an madra. Ach tá ana-jab aige iad a bhailiú le chéile, b'fhearr dom dul agus cabhrú leis iad a thabhairt chomh fada leis an mbóthar. Ansan tiocfaidh mé thar n-ais chughat, cruinn díreach.'

Ach níor tháinig Ceaite thar n-ais. Mar bhí Graindeá ag an mbóthar ag feitheamh léi agus a casóg ar a chuisle aige.

'A shíofra beag,' a deir sé, 'dhearmadais do bhrat. Tá an braon istigh ort. Buail ort go tapaidh é agus téanam abhaile.'

'Ó, a Ghraindeá,' a deir sí. 'Seo leatsa abhaile agus beadsa id dhiaidh. Á, d'fhágas . . . rud éigin im dhiaidh thíos ag an gcarraig.'

'Cad a d'fhágais id dhiaidh?'

'Mo . . . a . . . mo chaipín.'

'Tá do chaipín anso im póca agam duit.'

'Ó . . . caipín eile a bhí agam, seana-cheann le Larry.'

'Ceann dubh go raibh stríocaí gorma ann?'

'Sea, sin é é, sin é díreach é. Dubh agus stríocaí gorma ann.'

Chuir sé an dá shúil tríthi.

'Chonacsa an caipín sin ar chrúca i seomra Larry ó chianaibh,' a deir sé.

Bhraith sí í féin ag deargadh suas go bun na gcluas.

'Aithnímse ortsa, a Cheaite, nuair a bhíonn tú ag insint éithigh. Cad tá do do thabhairt síos thar n-ais?'

Níor fhreagair sí.

'Tá rud éigin á cheilt agat orm. Aithním ort é. Cad é féin?'

Níor fhreagair sí.

Rug sé ar ghéag uirthi agus bhí gairbhe ina ghlór nár chuala sí riamh cheana.

'Abair amach é, a deirim leat.'

'Bog díom, a Ghraindeá, tá tú dom ghortú, ní fhéadfaidh mé é, gheallas dó.'

'Cad é a gheallais agus cé dó?'

Chrom sí a ceann. 'Do Larry,' a deir sí de chogar.

'Chonacaís é! Tá sé ina bheathaigh? Ó, buíochas mór le Dia agus lena mháthair bheannaithe,' agus bhain sé an hata dá cheann agus choisric é féin.

'Ó, a Ghraindeá, gheallas dó ná sceithfinn air. Níl tú chun aon ní a rá le héinne, an bhfuileann tú?'

'Cá bhfuil sé?'

'I bhfolach.'

'Cén áit?'

'Nach cuma.'

'Cá bhfuil sé, a Cheaite? Féadfair é a rá liomsa. Sa charraig, nach ea, sa phluais?' agus bhí a ghlór bog arís.

'Sea, mar ná teastaíonn uaidh dul go *Meath*. Go Meiriceá atá sé ag dul nuair a chuirfidh Aintí Kate an costas chuige.'

'Tuigim. Agus ar chuimhnigh sé in aon chor go mbeifí á lorg ar fuaid na dúthaí? Agus a athair agus a mháthair bhocht, agus ná feadar siad nach é a chorp a tabharfaí isteach ar an dtinteán chuchu? Téanam ort abhaile, tapaidh.'

'Ó, a Ghraindeá, níl tú chun é a rá leo. Gheallas do Larry–'

'Ach níor gheallas-sa aon ní d'éinne. Téanam ort.'

Ní raibh rompu sa chistin ach an t-athair agus an mháthair, iad ar dhá thaobh an *stove* agus a gceann fúthu acu. Mar a bheadh ga gréine ann, leath an faoiseamh ar a gceannaithe leis an scéala. Shnaidhmeadar féin ina chéile, rud ná faca Ceaite riamh iad á dhéanamh cheana, an mháthair ag gol agus ag gol le háthas, agus an t-athair á cuimilt agus ag iarraidh í a chiúnú.

Agus ansan, a deir an t-athair, 'An bligeard! Ba mhaith an scéal é a fhágaint ann agus ligint dó a dhóthain a fháil den bhfuacht ann. Bheadh fuireach fada aige leis an gcostas ó Khate.'

'Seo, seo, anois. Ná bac san,' a deir an mháthair. 'A Ghraindeá, téir agus tabhair abhaile é. Abair leis nach gá dó dul go *Meath*. Abair aon ní is maith leat leis, ach beir leat abhaile chugham é,' agus bhris an gol uirthi arís.

'Huh,' a deir an t-athair.

Ach is é is túisce a chuir fáilte abhaile roimh Larry, nuair a shiúil sé isteach go maolchluasach laistiar de Ghraindeá. Cad dúirt Graindeá leis nó conas a tháinig sé timpeall air, ní fheadair éinne.

'Tá Larry ag teacht inár dteannta go *Meath*. Is fusa dó dul go Meiriceá as san ná ón áit seo,' a deir sé anois.

Leath an dea-scéal ar fuaid an bhaile. Bhailigh na comharsana isteach ag déanamh gairdeachais. An scamall duaircis a bhí os cionn an bhaile ar feadh an lae, scaip sé.

Tógadh amach buidéal an tí. Thug Máire Ghinneá anall buidéil phórtair a bhí istigh aici ón Nollaig. Thug Maisie anall bosca ceapairí a bhí déanta aici i gcomhair an lae amárach.

'Tiocfaidh an lá amárach agus a chabhair lena chois,' a deir Léan.

Thug Joanie Scanlain anall cúpla paicéad brioscaí a bhí oiriúnach aici 'd'éinne a gheobhadh isteach.' Deineadh tae. Chuir Seanachán fios ar a veidhlín agus sheinn suas cúpla port. Deineadh rince. Dúradh amhráin. Bhí *ballnight* cheart sa tigh fé mar a bhí an oíche a tháinig Aintí Kate.

Ach ina lár istigh, cé a thiocfadh ach Aintí Síle ag fágaint slán, aghaidh mhór bhrónach uirthi, agus í ag olagón fós mar gheall ar an *strange place* agus na *strange people*. D'athraigh atmaisféar an tí, agus fiú amháin tar éis di imeacht, níor fhan aon ghus sa chuileachta.

'Tá sé déanach,' a deir Tomás Ghinneá, 'agus caithfidh sibhse bheith ag propáil don leoraí,' agus amach an doras leis. Lean na fearaibh eile é, duine ar dhuine. Ach d'fhan na mná ag cabhrú leis an máthair, ag tógaint pictiúirí den fhalla agus áraistí den drisiúr agus á bpacáil i mboscaí. Iad ag obair as láimh a chéile ach gan puinn cainte eatarthu, rud ab annamh leo. In airde staighre bhí an t-athair agus Larry ag scor leapacha ó chéile.

Bhí Ceaite ana-shásta go mbeadh Larry ag teacht ina dteannta go *Meath*. Cheap sí go mbeadh milleán aige uirthi féin mar gheall ar sceitheadh air.

'Ach Graindeá a tharraing asam é,' a dúirt sí leis, 'ní raibh aon leigheas agam air.'

'Tá a fhios agam,' a deir sé, 'nár dhein sé an bheart orm féin chomh maith.' Ach an tslí a dúirt sé é, bhraith sí ar chuma éigin ná raibh sé róchurtha amach gur thángthas air. Gan dabht, ní foláir nó bhí sé leata den bhfuacht sa phluais sin.

An crot lom a bhí ag teacht ar an gcistin, chuir sé i gcuimhne do Cheaite an chuma a bhíodh uirthi nuair a thiocfá abhaile ó scoil tar éis saoire na Nollag, agus bheadh an cuileann agus an t-eidhneán agus na maisiúcháin Nollag go léir bainte anuas. Bhraith sí sórt uaignis ag teacht uirthi, dá mhéid agus a bhí sí ag súil le *Meath*. Ach bhí aon ní amháin – bhí cuimhnithe ar phlean aici conas an cat a bhreith léi i ngan fhios.

Caibidil VII

Bhí an leoraí ag déanamh isteach ar Luimneach nuair a lig an cat mí-abha as.

'Cá bhfuil an cat san?' a deir Graindeá, agus seo é ag gliúcaíocht i measc na mboscaí ag a chosa, agus ag féachaint siar i dtreo an ualaigh troscán a bhí i gcúl an leoraí.

Mí-abha eile.

'*Where's that bloody cat?*' a deir an tiománaí, '*I hate cats.*' Ach choinnigh sé seo a shúile ar an mbóthar. Fear óg, a bhí chomh haclaí ar an leoraí a ionramháil agus dá mba bharra rotha a bhí á thiomáint aige. Ach ní róshásta a bhí Graindeá leis, mar cheap sé gurb é a athair, Peats, a bheadh ina dteannta.

Mí-abha eile, agus sánn an cat amach a cheann trí oscailt i dtosach casóige Cheaite.

'Dhera, a dhiairín,' a deir Graindeá, 'thugais leat an cat. Maróidh do mháthair tú.'

'*Just keep that animal away from me,*' a deir an tiománaí.

'Cad deir sé, a Cheaite?'

'Deir sé an cat a choimeád uaidh.'

'Abair leis nach baol dó é, mar an chéad uair eile a stadfaimid, amach a gheobhaidh sé ar bhior a chinn!'

'An tiománaí?'

'Ní hea, an cat.'

'Ó, a Ghraindeá, ní dhéanfá.'

'Bata agus bóthar, mhuis, a gheobhaidh sé. Téadh sé thar n-ais abhaile dó féin.'

'Ní bheadh sé ábalta. Táimid rófhada ó bhaile.'

'Tá cait ábalta ar a slí a dhéanamh abhaile ó aon áit.'

'Maróidh na *motors* é.'

'Seachnaíodh sé é féin orthu.'

'Caillfear den bhfuacht agus den ocras é. Agus ní bheidh éinne ag baile roimis.'

Lig an seanduine osna.

'Tá a fhios agam, tá a fhios agam, a linbh, ach cad eile atá agam le déanamh? Ní theastaíonn an cat ó do mháthair.'

'Ní sceithfidh tú orm, a Ghraindeá?'

'Ní gá dom é. Sceithfidh an cat san air féin.'

'Ní dhéanfaidh, mar coinneodsa i bhfolach uaithi é i gceann de na botháin. Beidh botháin i *Meath*, ná beidh? Agus ansan, i gcionn seachtaine, ligfidh mé isteach chúichi é, agus ceapfaidh sí gurb amhlaidh a lean sé sinn.'

Osna eile.

'Ó, tá go maith, a linbh, bíodh a sheans aige.'

Meamhlach eile ón gcat.

'*I can't stand the dirty things*,' a deir an tiománaí ag féachaint roimis amach i gcónaí.

'Cad deir sé, a Cheaite?'

'Ní maith leis cait, a deir sé.'

Mí-amha, mí-amha leanúnach anois.

'Cén diabhal atá anois air, a Cheaite?'

'Ní fheadar. Tá sé ag fáil ana-mhíshuaimhneach.'

'*Just don't let him get near me!*'

'*I won't, I won't.* A Ghraindeá, b'fhéidir go dteastaíonn uaidh . . . tá a fhios agat . . . suí leis féin.'

'Theastódh uainn féin braon uisce a dhéanamh. Fiafraigh de san an fada go mbeimid ag stad.'

'*How long until we'll be stopping, sir?*'

'*Soon, soon.*'

'Cad deir sé, a Cheaite?'

'Aon neomat anois, a deir sé.'

Go gairid ina dhiaidh san tharraing an tiománaí an leoraí isteach cliathánach i gcearnóg mhór suiminte, i lár an bhaile mhóir.

'*Half an hour,*' a deir sé. '*There's a public toilet over there.*' Agus bhailigh sé leis uathu.

'Cad dúirt sé, a Cheaite?'

'Leathuair an chloig moille, agus go bhfuil *toilet* ansan thall.'

'Ó Dia linn, nach é an dúra dara é, agus cheapas gurb é a athair a bheadh againn, agus is deas mar a chiorróimis an bóthar dá chéile. Nó cá bhfuarthas é seo, gan focal Gaolainne ina phus. Gan dabht, anoir ab ea a mháthair.'

'Anois mar sin, anuas linn as so,' a deir sé ag cabhrú le Ceaite. 'Ligfimid don ainmhí sin a chúram a dhéanamh ar dtús.'

'Seo leat anois, a phuisín, dein é,' a deir Ceaite, í cromtha os cionn an chait, greim ar chúl aici air le haon láimh amháin agus í á shlíocadh leis an láimh eile. Ach ní dhéanfadh, ach liathshúil sceimhlithe á tabhairt aige timpeall, agus a eireaball ag imeacht anonn is anall. Ansan de phreab, strac sé é féin uaithi, agus isteach leis fén leoraí.

'Pus bhuis, pus bhuis, pus bhuis, tar thar n-ais!'

'Lig dó féin,' a deir Graindeá, 'is fearr a dhéanfadh sé ansan istigh é.'

Bhí an ceart aige. Is gairid go gcualadar an sciodaraíl uathu isteach, agus ansan an scríobadh.

'Tá fuar agat, a chait, más dóigh leat go bhféadfair clúdach air,' a deir Graindeá. 'Téanam anois, a chroí, go ragham anso thall isteach.'

'Ach an cat—'

'Fanfaidh súd ansan go dtiocfaimid thar n-ais.'

Boladh láidir fuail agus caca ina gcoinne amach. Sclátaí geala i ngach aon áit, loig múin ar an urlár, glóraíl uisce ag síorshruthlú. Arbh é seo an *toilet* seo go mbíodh daoine ag caint ar é a chur isteach i dtithe nuair a thiocfadh an leictric? B'fhearr le Ceaite go mór is go fada suí léi féin cois claí, mar a mbeadh boladh friseálta na luifearnaí timpeall.

Ghaibh fear tharstu isteach. Tharraing sí siar.

'A Ghraindeá,' a deir sí de chogar, 'is é seo áit na bhfear. Ní hé mo cheartsa bheith anso in aon chor.'

'Téanam ort im theannta. Nílimse chun tú a ligint as mo radharc. Sall anso 'on chúinne linn. Síos leat ansan in aice liom, agus dein do bhraon uisce.'

'Ach tiocfaidh duine éigin eile isteach. Cífidh siad mo thóin.'

'Ní chífid. Táimse ar do scáth. Seo leat anois.'

Ar a corraghiob, sruth tapaidh te, le deabhadh ag socrú a cuid éadaigh thar n-ais, a brístín fliuch aici, é tais te lena craiceann ar dtúis, agus ansan fliuch, fuar.

'Fan anois, a linbh, go ndéanfadsa mo bhraon, agus nár bhreá liom bheith chomh tapaidh leat.'

É iompaithe uaithi, cromtha, faid gach 'n fhaid, braon ar bhraon, seordán a anála ag meascadh le sruthlú an uisce.

An mbeadh an cat ann fós? An dtiocfadh an tiománaí thar n-ais agus an leoraí a thiomáint os a chionn, praiseach a dhéanamh de? An imeodh an leoraí leis go *Meath* gan iad? A thuilleadh fear ag gabháil isteach is amach. A ceann fúithi aici ag iarraidh ná feicfeadh sí cad a bhí ar siúl acu. Ó, an fada eile a bheadh Graindeá? Ar deireadh, plapa a bhríste á shocrú aige, agus iad amach thar n-ais san aer úr, glan.

Do bhí an cat ann fós. A dhá shúil ag glinniúint chuchu sa doircheacht fén leoraí.

'Téanam ort anois, a phuisín, caithfimid dul thar n-ais 'on leoraí,' a deir sí leis.

Ach ní chorródh.

'Téanam, pusaí, pusaí, pusaí.'

Bogadh ná sá ní dhéanfadh sé.

'Raghaidh mé isteach agus greamóidh mé é,' a deir sí.

'Mar ná raghair isteach fé aon leoraí,' a deir Graindeá. 'Cá bhfios dom ná gur anuas sa mhullach ort a thitfeadh sé?' agus é ag féachaint in airde ar an ualach.

'Conas a thitfeadh? Ná fuil ceithre roth fé?'

'Cá bhfios dom cad a d'imeodh ort? Bíodh an diabhal ag an gcat san mura dtagann sé amach. Geofar cat eile thíos.'

'Á, a Ghraindeá.'

'Dá mbeadh sásar bainne againn le tathant air, ach cá bhfaighfeá a leithéid anso?'

D'fhéach sé timpeall ar fhoirgnimh arda na cathrach, agus an tsráid uathu síos, agus na daoine go léir ag gabháil síos suas uirthi.

'Dia linn, nach orthu go léir atá an fuirseadh agus an fuadar,' a deir sé, 'nó cad chuige!'

'Tá sásair sa bhosca áraistí ag ár gcosa sa leoraí,' a deir sí.

'Má tá, is ann a fhanfaidh siad.'

'Á, a Ghraindeá, maróidh an leoraí é.'

'Agus maróidh do mháthair mise,' ach bhí a scian bheag amuigh aige agus é ag dul in airde ar an leoraí.

'An bosca mór, a Ghraindeá.'

'Tá a fhios agam.' Sa bhoiscín beag a bhí a chuid rudaí féin, paidrín Neain agus mangaisíní beaga eile casta istigh i líontán iascaigh.

'Cad ab áil leat don líontán?' a dúirt an mháthair. 'Níl aon fharraige i *Meath*.'

'Béarfaidh mé liom é, mar sin féin,' a deir sé. 'Labharfaidh sé an Ghaolainn liom.'

Scaoil sé an scian fén gcorda, d'oscail barra an bhosca, agus chuaigh ag tóch sna burlaí de pháipéar nuachta ann. Ach ní sásar a fuair sé, ach juigín beag gorm.

'Beannacht Dé le hanamacha na marbh,' a deir sé.

'Ní haon mhaith *jug*, a Ghraindeá,' a bhéic Ceaite aníos air. 'Ní raghaidh a cheann isteach ann. Faigh sásar.'

'Ní bhraithim aon tsásar anso ach *jug*anna ar fad. Déanfaidh an *jug* an bheart. Cuimil den dtalamh é, agus ní fheadar sé sin cé acu. Fanfadsa anso in airde uait.'

Scríob Ceaite an *jug* ar an dtalamh. Chorraigh na súile istigh sa doircheacht. Scríobadh beag eile.

'Pusaí, pusaí, pusaí deas. Seo bainne deas duit.'

Glinniúint na súl ag déanamh uirthi anall, an t-eireaball ag scuabadh na talún, soir, siar go hamhrasach. Níos giorra agus níos giorra a tháinig an cat, agus ansan, snap tapaidh agus bhí sé greamaithe aici.

'Tá sé agam, tá sé agam, a Ghraindeá!' go ríméadach.

'Cabhair Dé chughainn, tá lab againn! Aníos leat chugham mar sin, go mbeidh greim le n-ithe againn sula dtagann súd thar n-ais. Seo, tabhair dom do lámh. Hé, seachain an *jug!*'

Ródhéanach. Chorraigh an cat. Agus í ag iarraidh an cat agus an jug a ghreamú in éineacht, shleamhnaigh an jug uaithi, agus deineadh smidiríní de ar an dtalamh.

'Ó, a Ghraindeá, ní raibh aon leigheas agam air.'

D'fhéach an seanduine síos ar na píosaí agus lig osna. 'Beannacht Dé le hanamacha na marbh' a deir sé féna anáil.

B'ait le Ceaite é bheith ag cur guí le *jug*.

'Bíodh aige,' a deir sé ansan, 'is fearr briste é ná do chos, is dócha. Chugham aníos tú.'

'Ó, a Ghraindeá, beidh an gomh ar Mham mar gheall ar an *jug*.'

'Dhera, ní déarfaimid faic, agus b'fhéidir ná braithfeadh sí uaithi é.' Bhí sé ag socrú an bhosca thar n-ais agus ag ceangal an chorda air. 'Anois, cá bhfuil an paicéad bidh sin a shocraigh sí dúinn chun lóin?'

Ní raibh ach ite acu nuair a tháinig an tiománaí thar n-ais agus é ag cuimilt a bhéil.

'*Okay?*' a deir sé, agus tharraing sé an leoraí amach as an gcearnóg, agus isteach trí thrácht na cathrach.

Dhruid Ceaite a ceann isteach le Graindeá, agus ní fada go rabhadar araon ag srúmataíl chodlata.

Graindeá ag cogarnaíl a dhúisigh í. Bhí sé ag caint leis féin arís fé mar bhí an uair úd cheana, é ag ceapadh, is dócha, ná cloisfeadh éinne cad a bhí sé ag rá, í féin ina codladh, agus gan aon tuiscint ar Ghaolainn ag an dtiománaí. Choinnigh sí a súile dúnta, agus í ag éisteacht leis an monabhar seordánach, í ag titim thar n-ais ina codladh, anois agus arís.

∞

'Tá do juigín beag deas briste againn ort, a Narry. Ní raibh aon leigheas ag an leanbh bocht air, is measa mé féin a thug di é. Ní bhíonn ar gach aon ní ach tamall, jug nó duine . . . An cuimhin leat an lá úd fadó a cheannaíomar é? Lá aonaigh. Ráithe a bhíomar pósta. Bhí dhá bheithíoch le díol agam, an cuimhin leat? Ár gcéad sealúchas. Chaitheas éirí ag deireadh na hoíche chun dul ar an aonach leo, ach dá luaithe é, bhíse éirithe romham, agus an ghríosach dhearg tarraingthe amach agat, agus tú ag téamh braon bainne dom. Bhí do chuid gruaige siar síos leat, agus í ar dhath an óir bhuí fé sholas na coinnle. Tháinig sé de rúig ionam an dá bheithíoch a bhí sa bhothán ag feitheamh liom a fhógairt in ainm an diabhail agus breith ort agus tú a ardach liom síos thar n-ais go clutharacht na leapa. Ní raibh a fhios agat é sin, a Narry, an raibh? Isteach sa lá, bhuaileamar arís lena chéile. Bhí an pónaí agus an chairt tugtha isteach 'on bhaile mór agat fé mo bhráid. An cuimhin leat conas a chuamar ag máirseáil dúinn féin timpeall an bhaile mhóir ag bualadh leis na daoine, agus bhí oiread san daoine ann an lá san, oiread san lánúnacha óga ar ár nós féin. Agus ansan, chonaicíse an juigín i bhfuinneog an tsiopa agus é lán de *jam*. Ba dhaor liom féin é, ach bhí praghas maith fachta agam ar na hainmhithe, agus linn féin ab ea an t-airgead. Ó, bhís chomh sásta nuair a cheannaíos duit é . . .

An cuimhin leat ag teacht abhaile, conas a bhíomar á

thógaint bog, ag iarraidh faid a chur sa lá, mar is fada arís go mbeadh lá againn i dteannta a chéile . . . Bhí titim na hoíche ann agus sinn ag gabháil thar Choill na Claise . . . Agus d'fhéachas-sa ortsa agus d'fhéachais-se ormsa, agus d'iompaíomar isteach an pónaí go lár na coille, agus cheanglaíomar do chrann í, agus chuireamar sop féir ón gcairt féna ceann . . . Agus ina dhiaidh san, na gáirí a bhí againn ag iarraidh an féar glas agus an luifearnach a bhaint de d'íochtar agus de do sheál . . . Ab in é an uair a gineadh Paidí, ní fheadar? Deiridís an leanbh a ginfí le teas na fola, gur mó an gus a bheadh ann ná an leanbh a ginfí le teas na leapan. Ach ní raibh aon ghus i bPaidí bocht mar seo nó mar siúd. Ná i Labhrás a tháinig ina dhiaidh, agus ansan Seáinín, Taimí, Joey. Ó, Dia linn, a Narry bheag, an trua a bhíodh agam duit, boiscín ar bhoiscín acu . . . an triuch, an bhruitíneach, niúmóine, rud éigin i gcónaí ag faire orthu . . . Ait é gurb iad na gearrchaillí a mhair . . .

Ach bhí Dia go maith dúinn. Fuaireamar paiste maith talún do Shíle síos thar cnoc, agus ghaibh fear maith chughainn féin i Mártan. Sea, bhí compord sa tigh againn i ndeireadh ár saoil, rud ná beadh b'fhéidir dá mba bean mhic a bheadh ar an dtinteán againn. Mar sin féin . . . Tuile an diabhail go dtí *Meath* céanna. Mairg dúinn a chualaigh riamh trácht air. Ó, ní thógaim ar Mhártan bheith ag iarraidh aistriú ann, más dóigh leis gur fearr a dhéanfaidh sé ann, ach mar sin féin . . .

Bhí mo chroí istigh sa tseana-phaiste. Mise an seachtú glúin ann. Mise Micil Phádraig Dhiarmada Labhráis Sheáin Thomáis Mhurchadha a' Bhreatnaigh. Gach éinne againn ag fágaint a mhairc féin ar an áit. Agus choinníodar a ngreim ann aimsir an drochshaoil, ainneoin gorta agus *evictions.* Ar eachtraíos riamh duit, a Narry, cad a dhein Labhrás fadó, nuair a bhí sé déanach leis an gcíos lá gála? Bhí an oifig dúnta roimis, an t-*agent* bailithe leis. Bhí eagla chuige air go mbéarfaí buntáiste air ar chuma éigin, agus cad a dhein sé ach léimt ar a chapall iallaite agus tigh mór an *landlord* féin a bhaint amach, seacht míle ó bhaile. Bhí sé tar éis meán oíche go maith san am gur shroich sé é, agus iad go léir ina gcodladh, ach ní fada gur chuir sé siúd as an leaba iad, ag tarrac ar an ndoras le dornchla na fuipe agus '*Money! Money! Money!*' aige in ard a chinn is a ghutha. Sin a raibh de Bhéarla aige . . .

Chuadar gairid go maith an áit a ligint uathu le linn Sheáin, a chloisinn, mar d'ólfadh sé an sop as an tsrathair. Ach go raibh bean mhaith aige. Í féin, a chloisinn, a théadh ar an aonach gur éirigh an mac suas, agus choinníodh sí an t-airgead i dtrunc fén leaba. Ach cad deirir le mo leaid, nár bhog lata laistíos fén trunc agus bhí ag tarrac as. Má tá, ní fada go gcuaigh sí siúd amach ar na céapars!

Sea, choinníodar go léir a ngreim, ó ghlúin go glúin. Ná breá gur ar mo chrannsa a thit sé an áit a thréigint! Agus ár Rialtas féin anois againn! Agus gan aon ghá ar an dtalamh leis. Feirm dheas chonláiste, gan pingin fiacha uirthi, a síneadh chuige . . . Ó, an lá a d'athraigh an ainm . . . Dá mairfeadh Paidí, mhuis, nó Labhrás, Seáinín, Taimí nó Joey . . . Bíonn adharca móra ar na buaibh thar lear. Cad ná déanfar i *Meath*! Saint talún, ní maith é, ach oiread le saint éisc; ba í a chaill ar an naomhóg riamh.

Mo phaiste beag deas talún agus a gcaitheas de dhua riamh leis, an draenáil a dheineas ar Ghoirtín an tSlé', na clathacha fiúise a thógas, na geataí iarainn agus na pollaí cloiche a chuireas ar ghoirt an bhóthair; agus anois beidh 'strac *my* spadalach' ag mo chomharsana air. Beidh a shnap ag Scanlain as. Marcus Bhurke is mó a gheobhaidh, is dócha, leisceoir diail ná fuil ábalta aire a thabhairt dá chúpla gort féin, sínfear chuige é. Agus cífir go mbeidh liostramáin agus buachalláin bhuí aníos tríd laistigh de bhliain. Agus ní gheobhaidh Seanachán bocht an gort féin, ná Muiris a' Loingsigh. Ní mhaím ar Mhaidhc Néill a bhfaighidh sé. Bhí sé féin agus a athair roimis ina gcomharsana maithe riamh againn. Dhera, bhíodar go léir go maith, má bhíodh babhtaí beaga féin eadrainn. Ach mura mbeadh seana-Sheán Néill ní bheinnse anso inniu. Ar eachtraíos riamh duit é, a Narry? Fiche bliain d'aois a bhíos, óg aerach, ag teacht abhaile ó phósadh, mo dhóthain ólta agam, chaitheas abha na Cille a chur díom, ní raibh aon droichead uirthi an uair sin. Dheineas an bheart ar na clocha go dtána go dtí an bport thall, agus is ansúd a fuarthas ar maidin mé, im sticidiúir reoite, mo leath deiridh fós fén uisce. Ní raibh aon mhiam ionam ar feadh coicíse. Seana-Sheán Néill, a deiridís, a choinnigh an dé ionam, le spúnóga meala aige á gcur siar orm . . . Ní fheadar cén sórt comharsan a bheidh againn i *Meath*? Pé saghas iad, ní dhéanfaidh mé mo chuid féin choíche dóibh . . .

An bhfuil tú ag éisteacht liom, a Narry bheag? Ar chuma éigin braithim ag sleamhnú uaim tú. Canathaobh ná cuireann tú fios orm? Ní raibh Neansaí Chollins imithe an mhí féin nuair a chuir sí fios ar Jamesy. Cheapas siúrálta sara mbeimis ag aistriú . . . Ach beidh a fhios agat cá mbeimid i *Meath*, ná beidh?

Ní hamhlaidh atá tú in earraid liom mar gheall ar bheith ag rá go bhfaighinn bean eile i *Meath*? Ag déanamh seoigh a bhínn, sin uile. Ní raibh uaim riamh ach tusa, tusa, tusa. Agus go maithe Dia do lucht na mioscaise a bhí ag iarraidh teacht eadrainn an uair úd fadó, lena gcuid dúirtse-dáirtse ban. Bheadh an cúram úd inste agamsa féin duit, ach nár mhaith liom bheith ag sceitheadh ar Sheanachán. Ní rabhas-sa ach ag caint leis an gcailín. Seanachán go raibh an t-éileamh aige ar an ndeirfiúr, agus ag faire amach dóibh a bhíos-sa, le heagla go dtiocfadh an t-athair i ngan fhios orthu. Níor mhaith dhuit tincéirí a tharrac ort. Cé a thógfadh ar Sheanachán seáp a thabhairt, níor lig an Mhisusín ina gaire é le deich mbliana roimis sin . . .

Dia linn, nach fada fairsing í Éire, nó cathain a bhainfimid amach *Meath*. Brostaigh ort anois, a Narry bheag, agus cuir fios orm, agus beidh na scéalta nua ar fad agam duit ó Bhaile an Tobair . . . Ó, tá an bhean bheag ag dúiseacht. B'fhearr dom éisteacht . . .'

Meath, le déanaí an tráthnóna. Dúthaigh leathan leibhéalta, páirceanna móra, crainn, gan aon radharc ar chnoc ná ar fharraige, ach boladh adhmaid á dhó, cú-cú na gcolúr, agus fuacht.

Bhí déanamh difriúil ar an dtigh seachas mar bhí ar an dtigh ag baile. É íseal. Sórt guíng air. Agus cá raibh tithe eile an bhaile? Agus cad é seo a bhí breactha ar an bhfuinneoig le péint bhán. Léigh Ceaite go mall é. *W-a-r-n-i-n-g! N-o M-o-r-e M-i-g-rants H-e-r-e!* Cén saghas rud é *migrant*?

'Cad deir an scríobh sin, a Cheaite?' Bhí Graindeá tagtha laistiar di, é féin agus an tiománaí.

Chaoch an tiománaí súil uirthi laistiar de Ghraindeá.

'Ní fhéadaim é a dhéanamh amach, a Ghraindeá. I mBéarla atá sé.'

'Fiafraigh de san é.'

'*What do it say, sir?*'

Chaoch an tiománaí súil arís. '*It says welcome to Meath.*'

'Deir sé, deir sé gur ag cur fáilte romhainn go *Meath* atá sé.'

'Féach anois, ná maith é, pé hé féin. Téanam isteach anois, agus cuirfimid síos tine, agus beidh an citeal beirithe againn fé bhráid na coda eile. Abair leis sin an bosca buí sin atá i gcúinne an leoraí a thabhairt isteach. Is ann a chuir do mháthair an citeal, is an tae*pot*, is aon ní eile a bheidh uainn anocht.'

Isteach leo.

'Arú tá an tine socair cheana féin fénár mbráid!' a deir Graindeá. 'Agus cúil eile mhóna sa chúinne, móin mhaith thirim leis!'

'Agus féach, a Ghraindeá, an bosca mór atá fágtha anso dúinn, tae agus siúcra agus gach aon ní ann!'

'Féach anois, nach tuisceanach iad, pé hiad féin!'

Lasadar an tine agus líon an tigh de dheatach.

'Fág an doras oscailte, a Cheaite, go nglanfaidh sé. Ó, mhuise, féach cad atá ar siúl aige féin amuigh! Ag glanadh na fuinneoige atá sé! Nach é an bligeard é. Ní haon phioc dá chúram é. Mhuise, is fada go ndéanfadh a athair a leithéid!'

Ar thochtanna ar urlár na cistine a chodlaíodar go léir i dteannta a chéile an oíche sin. San am go dtáinig an gluaisteán, agus go raibh gach aon ní tógtha isteach ón leoraí, bhíodar róthugtha chun leapacha a shocrú suas. Agus bhí an chistin te.

Larry is túisce a bhí ina shuí ar maidin.

'A Cheaite, a Cheaite,' a deir sé de chogar, 'dúisigh agus féach amach!'

Chuimil Ceaite a súile. Cén gealas ait é seo a bhí timpeall?

'Féach, a Cheaite, sneachta! Tá an dúthaigh clúdaithe leis. Buail ort tapaidh go ragham amach! Shhh! Ná dúisigh éinne eile.'

Ní fhaca Ceaite a leithéid riamh cheana. Sneachta bog geal plúrach, airde a glún de, é leata ar gach aon ní, an tigh, na botháin, na crainn féin, bhíodar clúdaithe leis. Agus an ciúnas balbh a bhí i ngach aon áit.

Chuimhnigh sí ar na cártaí Nollag a thagadh ó Mheiriceá. Agus na *funny papers* a chuireadh Aintí Kate chuchu go rialta, an saol breá a bhíodh ag na leanaí iontu sa gheimhreadh ag imirt sa tsneachta. Ar éigean a thiteadh an cith sneachta féin ag baile, agus nuair a thiteadh, leádh sé láithreach.

'Téanam, déanfaimid fear sneachta,' a deir Ceaite.

Liathróid sneachta á rolláil rompu acu os comhair an tí, é ag méadú de réir mar a bhíodar ag gluaiseacht, cosán féir ghlais ina ndiaidh aniar. B'in í an chabhail déanta. Liathróid eile don gceann. Anois, cá mbeadh dhá chloch le fáil do na súile? Bhí gach aon ní timpeall geal clúdaithe. Bhris Ceaite cúpla slapar de chrann, agus tharraing anuas sa cheann uirthi féin cith trom sneachta. Bhraith sí an fuacht fliuch ag gabháil síos laistiar ina muineál.

'Táim fliuch báite,' a deir sí, 'táim ag dul isteach.'

'Ara, nach tú an *bhaby* agam,' a deir Larry, ag caitheamh liathróid sneachta léi a bhuail sa drom í.

'Cé air a bhfuil tú ag tabhairt *baby*?' a deir sí, ag caitheamh liathróid eile sneachta thar n-ais air a bhuail sa chúl é.

Seo leo, ag cromadh agus ag ceapadh agus ag crústach, agus ag teitheadh óna chéile, agus ag titim is ag éirí sa tsneachta, agus goidé gáirí acu. Is fada roimhe sin go mb'fhiú le Larry imirt mar seo léi. Ansan chonaiceadar an mháthair ina seasamh sa doras ag féachaint orthu.

'Tá an bricfeasta ullamh,' a deir sí, agus d'iompaigh agus chuaigh isteach. Isteach leo ina diaidh.

Blianta ina dhiaidh san, dhéanfadh Ceaite tagairt don maidin úd agus don sneachta.

'Cheapamar go rabhais míshásta linn mar gur dhúisíomar as do chodladh tú,' a déarfadh sí lena máthair.

'Ó dhúisíobhair mé, *alright*, ach má tá, áthas a chuireabhair orm, ag éisteacht libh ag béicíl agus ag gáirí. Mar, nuair a thána an oíche roimis sin agus mé tugtha traochta, agus nuair a chonac an tigh beag fuar, folamh a bhí romham, agus an deatach chugham an doras amach, aon ní ach nár chuireas cos i dtaca, agus iachall a chur ar d'athair an leoraí a iompó agus gach aon ní a bhreith cruinn díreach thar n-ais abhaile. Ó, an dochma a bhí orm!'

'Ach ní dúraís aon ní.'

'Cén mhaith dom bheith ag gearán? De mo thoil féin a thána agus chaitheas cur suas leis. Agus ansan, bheith ag iarraidh áit chodlata a dhéanamh dúinn féin i measc na hútamála ar an urlár! Ach nuair a d'fhéachas amach ar maidin, nuair a chonac an sásamh a bhíobhair ag baint as an sneachta, chuir san misneach orm arís. Ach ní fada a sheas san. Nuair a chaitheas bheith ag iarraidh dinnéar a dhéanamh ar an dtine oscailte, thar n-ais arís go dtí na corcáin dhubha, cé gur dócha go raibh seans liom iad a bheith agam, mar bheidís caite amach agam féin murach Neain. Agus an deatach. Chaithinn an doras a fhágaint oscailte chun go mbeadh tarrac ag an simné agus chuireadh san siolla fuar tríd an dtigh. Bhínn leata. Bhí nimh sa tsiolla san ná raibh riamh sa ghaoth ag baile. Agus mé chomh cortha ón dtrangláil ar fad roimh ré agus an turas fada, brúite istigh sa ghluaisteán agus Pól i mo bhaclainn. Maith an rud ná raibh a fhios agam an uair sin go gcaithfinn an turas céanna a dhéanamh arís thar n-ais, laistigh de mhí!'

Caibidil VIII

'Dúraís gurb é áit na Máirtíneach a bhí le fáil againn,' a deir an mháthair. 'Ach tigh nua é seo, sinne an chéad líon tí isteach ann.'

'Nach in é mar is fearr é,' a deir an t-athair.

'Ní thuigeann tú, a Mhártan, i mBaile Ghib atáid san. Tá daoine ón áit ag baile timpeall orthu. Tá an áit seo seacht míle uaidh.'

'Ó, is dócha ná rabhamar tapaidh ár ndóthain ag cur isteach ar áit na Máirtíneach, go bhfuair duine éigin eile romhainn é. Ach fuaireamar áit chomh maith leis. An toirt chéanna atá sna feirmeacha ar fad, mar a chéile é.'

'Ní mar a chéile é. Níl aithne agam ar éinne anso. Ó Chonamara iad seo síos an bóthar.'

'Na Welbys. Ba é an dála céanna acu san é, is dóigh liom. Go Ráth Cairn a bhíodar le dul. Ach cuireadh moill orthu ar chúis éigin, agus líon tí eile a chuaigh ann ina n-ionad.'

'B'fhearr liom a bheith i mBaile Ghib.'

'Ní bheifeá puinn níos fearr as ansan. Tá na contaetha ar fad measctha ann: Ciarraí, Maigh Eo, Dún na nGall. Níl aon tuiscint acu ar Ghaolainn a chéile. Caitheann siad an Béarla a labhairt. Nach mar sin a bheidh againn go léir sar i bhfad, fé mar tá ar fuaid na tíre ar fad. Cad tá i dteanga ar aon tslí ach bheith ábalta tú féin a chur in iúl don duine thall.'

'Ní mar sin atá i Ráth Cairn.'

'Tá Ráth Cairn difriúil. Cuireadh scata mór ó Chonamara in éineacht ansan. Táid mar bheadh oileán ann. Tá a saol féin acu. Tá láthair shéipéil fachta acu, pé uair a tógfar é. Isteach go hÁth Buí a chaithid dul go dtí an Aifreann agus gan aon tuiscint ar Bhéarla ag scata acu. Is dócha, dá mba chóilíneacht

Ghearmánach a bheadh ann, go gcuirfí sagart agus Gearmáinis aige amach chuchu gach aon Domhnach . . . Tá seans linne ábhar Béarla a bheith againn.'

'Ach Graindeá.'

'Níor ghá dó dul go dtí an Aifreann san.'

'Sin é a dúrt leis, ach ní dhéanfaidh sé an gnó dó gan dul . . . An fear bocht, nuair a chonaic sé seanduine eile dá shaghas féin ag teacht amach as an séipéal cheap sé go raibh aige, ach nuair a labhair sé as Gaolainn leis, is amhlaidh a d'iompaigh sé uaidh.'

'Tá na Welbys sa chás céanna. Níl aon fhocal Béarla ag éinne acu ach an beagán éigin atá ag an athair. Ach níos measa ná san, níl aon taithí ar fheirmeoireacht acu. Ar an bhfarraige is mó a bhíodar ag maireachtaint, seachas 'cúpla garraí chun fataí,' mar a deir sé féin. Tá eagla air dul i ngaire an chapaill, an gcreidfeá é? Ó, tá an comhairleoir talmhaíochta chuchu agus uathu, ach ní haon iontaoibh iad ná go mbeidís siar thar n-ais sula mbeidh an bhliain istigh.'

'Tá sí féin go deas, dá bhféadfainn a cuid cainte a thuiscint.'

'Is mór an ní nach iad muintir na Mí féin is giorra dúinn. Tá an doicheall i gcónaí ann. Tá litreacha inár gcoinne sa *Meath Chronicle* arís, cloisim.'

'Ná tabhair isteach 'on tigh é. Ní theastaíonn uaim na litreacha san a léamh. Nílimidne ag cur isteach ná amach ar éinne, ná ligfidís dúinn féin?'

'Ní haon iontas an doicheall a bheith ann. An t-eastát so féin, sular thóg an Rialtas ar láimh é le roinnt ar ár leithéidíne, muintir na háite a bhíodh ag obair ann agus fuaireadar gabháltais ann ar ár nós-na. Ach sin uile. Níor tugadh aon chabhair dóibh faoi mar a tugadh dúinne – ainmhithe, botháin ná aon ní. B'in éagóir.'

'Ach ní sinne a dhein an éagóir.'

'Sinne ba bhun leis, agus bíonn an formad ann.'

'Dá mbeimis i mBaile Ghib . . .'

'Bheadh cúis ghearáin eile agat ansúd. Cloisim go mbíd cráite ag stróinséirí ag teacht ag gliúcaíl ar na *migrants* fé mar gur sórt ainmhithe fiáine iad. Bhuail beirt liomsa ar an mbóthar ag fiafraí cá raibh Gibbstown. Stiúraíos iad ar *stud* an Aga Khan – tá scata printíseach eachtrannach aige i mbun na gcapall.'

'Níor cheart duit é sin a dhéanamh.'

'Déanfaidh mé arís é. Go mór mór más Gaeilgeoirí ó Bhaile Átha Cliath a gheibheann chugham.'

'Ach is ar mhaithe leis an nGaolainn a chlos a thagann siad san.'

'Cogar, conas a thaitneodh leo san mise a ghabháil chuchu san i mBaile Átha Cliath ar mo shlí go Sasana fadó, chun go múinfidís cúpla focal Béarla dom? Bhí fear ó Chonamara ag obair im theannta i Sasana, fear mór cumasach láidir agus ana-cheann air.

Ba cheart duitse dul sna Gardaí ag baile, a deirim leis lá.

Bhí mé sna Gardaí, a deir sé, chaith mé coicíos sa *Depot*. Agus canathaobh gur fhágais é?

Níor fhág mé é, a deir sé. Cuireadh abhaile as mé mar nach raibh mo dhóthain Béarla agam.'

Stad an mháthair.

'An chúits,' a deir sí.

'Cad mar gheall uirthi?'

'Ní fheadar cá gcuirfidh mé í sa chistin seo, gan í bheith sa tslí ar dhoras nó rud éigin.'

'Tá sí rómhór. Caith amach í, tá ár ndóthain cathaoireacha againn á ceal.'

'Cúits a bhí sa tigh riamh.'

'I dtigh eile atá tú anois.'

'Tá a fhios agam, ach faighim ana-áisiúil í chun síneadh uirthi nuair a bhíonn mo chosa cortha. Dá mbeadh aon tslí go bhféadfaí smut a bhaint di chun gurbh fhéidir í a chur thall fén bhfuinneog, fé mar bhíodh sí agam ag baile.'

'Má tá, ní mise atá ábalta ar é a dhéanamh.'

'Ó, tá a fhios agam, ach dá bhféadfá teacht ar shiúinéir aon áit.'

'A Nóra, níl am agam, tá a fhios agat féin go bhfuil cúraimí seachas cúits níos práinní domsa anois. Tá an comhairleoir talmhaíochta san ag teacht go dtí na Welbys amárach arís. Fiafraigh féin de mar gheall ar shiúinéir.'

∞

B'fhada le Ceaite go raghadh sí ar scoil. Ach ní rómhaith a chuaigh di ann. Seana-scoil a bhí inti a bhí riamh sa dúthaigh, leanaí na dúthaí féin uirthi, Béarla ar fad.

'*Not another dumb Gaelcock,*' a chuala sí an múinteoir ag rá léi féin, nuair a bhí sí ag cur a hainm ar an rolla.

Amuigh sa chlós am lóin, bhailigh na cailíní eile timpeall uirthi, á breithniú, fé mar bheadh dhá cheann uirthi.

'*Go on, say a bit of Irish for us.*'

'*Where did you get them shoes? Did ye have any shoes at all on ye, up in the trees?*' agus mar sin de.

D'fhéach Ceaite go dána timpeall orthu. Bhí sí féin éidithe níos fearr ná éinne acu, ina gúna Domhnaigh agus a bróga nua toisc gurb é an chéad lá ar scoil aici é.

'*Oh shut up, will ye,*' a deir sí agus bhailigh léi uathu.

Thug sí fé ndeara cailín dá haois féin i gcúinne an chlóis ina haonar ag ithe a lóin. Sall léi chúichi.

'*What's your name?*' a deir sí.

Níor fhreagair an cailín.

'Mise Ceaite, agus tusa?'

'Sara, Sara Welby.'

'Welby? Sibhse atá in bhur gcónaí in aice linne!'

Las loinnir in aghaidh an chailín eile.

'Tá Gaeilge a't?' a deir sí.

'Tá, agus beagán Béarla.'

'Níl aon Bhéarla a'msa. Bíonn siad ag magadh fúm.'

'Cá mhéad díbh sa líon tí?'

'Ochtar gasúr agus mo Mhama agus mo Dheaide.'

'Ochtar garsún! Conas a sheasann tú iad?'

'Cén chaoi?'

'An t-aon chailín i measc ochtar garsún.'

'Ó, tá beirt deirfiúracha agam.'

'Ach dúraís ochtar garsún.'

'Ochtar gasúr a dúirt mé – cúigear dearthár agus beirt deirféar.'

'Ó.'

'Is fada liom go mbeidh Béarla agam. Chuir mo Dheaide inné mé go dtí an siopa thíos le haghaidh sluaiste. *Shovel*, a deir sé, abair é. *Shovel*, a deirimse agus bhí mé ag rá *shovel, shovel, shovel* liom féin an bealach ar fad go dtí an siopa, ar fhaitíos go ndéanfainn dearmad air.'

Bhí eagla chúichi ar Cheaite mar a chonaic sí an mháthair ag socrú na n-áraistí ar an ndrisiúr. Ach níor bhraith sí uaithi an juigín gorm, olc ná maith. Nó an amhlaidh a bhí amhras uirthi gur duine de mhná an bhaile a chuir súil ann? Blianta ina dhiaidh seo tharraingeodh Ceaite chúichi é.

'Dhera, a Cheaite,' a deir sí, 'níor chás liomsa an uair sin go mbeadh a raibh d'áraistí sa bhosca briste brúite, bhíos chomh míshásta leis an dtigh féin. Bhí sé tais. Bhí na seomraí ag oscailt isteach ina chéile. Ní raibh aon doras crochta ina cheart, ach siollaí ag imeacht thíos fúthu. Fuiriste aithint ná raibh éinne ag faire ar na ceardaithe. Bhí aon ní maith a dhóthain do na *migrants,* is dócha. Agus an tigh breá nua a bhí fágtha im dhiaidh agam, scóipiúil, tirim, te . . . Agus nuair a d'éirínn amach ar maidin as, chomh deas agus d'fhéachadh an dúthaigh an t-am so de bhliain, gach aon ní ag beochtaint arís tar éis an gheimhridh, an ceo ag éirí de dhrom Chnoc Leitreach, an fharraige uaim síos ina léinseach ghorm. I *Meath* ní raibh faic. Talamh, sin uile.

Pump an uisce féin bhí sé ceathrú míle uaim, bhuel, ní raibh ceathrú míle ann, ach mar sin a thaibhsigh sé domsa. Nuair a chuimhníos ar an dtanc breá d'uisce na báistí a bhí ag binn an tí agam, agus an tobar im chóngar chun uisce an tae . . . Agus nuair a théinn 'on tobar, bheadh bean comharsan éigin romham ann, agus bheadh tamall cadrála againn . . . Ní fhéadfainn an *pump* a oibriú. Thaispeáin Larry dom conas é a dhéanamh, ach níor theastaigh uaim é a fhoghlaim. Ní rabhas chun bheith ag imeacht le mo bhuicéad ann ar gach aon chor. Bhí tanc an bhainne beirthe linn againn, agus chuireas iachall ar d'athair é a líonadh ón b*pump* gach aon mhaidin, agus é a fhágaint laistiar den ndoras agam. Agus dhein, ar mhaithe leis féin, nó ní bheadh aon dinnéar roimis.

Bhíos chomh suaite na chéad laethanta san, an gcreidfeá é, gur cheapas gur á thaibhseamh dom a bhí sé, nuair a chuala meamhlach cait as ceann de na botháin. Tá chugham, a deirim liom féin, sin é an chéad chomhartha neameabhrach, bheith ag cloisint glórtha ná fuil ann!

Ach nuair a rith an cat chugham amach, agus thosnaigh á chuimilt féin de mo loirgne, ó, an fháilte a bhí agam roimis! Bhí a fhios agam gan dabht, gur tusa a bheir leat é i ngan fhios dom, ach ainneoin na bpiseog, thógas chugham im bhaclainn é, agus do chuimlíos, agus thugas sásar bainne dó.'

Ar na piseoga céanna a chuimhnigh Ceaite nuair a baineadh tuisle as Graindeá lasmuigh den dtigh agus bhris sé a chos. B'in é an mísheans anois a tháinig as an gcat a aistriú, agus bhí sí cráite.

Cuireadh plástar ar an gcois san ospidéal agus comhairlíodh don mháthair é a fhágaint istigh ann thar oíche, mar go raibh sé suaite ag an dtitim. Ceaite a bhí mar theanga labhartha aige sa *ward*.

'*Poor old man, he must be raving. I don't understand a word he is saying,*' a deir an bhanaltra.

'*'Tis Irish he's saying, nurse.*'

'*Oh, Irish is it? He's one of the Galtees so, is he? I never heard that kind of Irish. I hated Irish at school.* An tuiseal tabharthach, *and if you didn't know it, slap. Come on now*, fear maith, tá mé *going to wash you.* Fear maith.' Agus í ag tarrac an éadaigh leapan síos dó.

'Cad tá á rá aici, a Cheaite?' a deir Graindeá, agus é ag tarrac íochtar a bhástchóta trasna a cheathrúna caola.

'Deir sí go bhfuil sí chun tú a ní, a Ghraindeá.'

'Abair léi, a chroí, nach gá di é, mar gur nigh do mháthair gach aon phioc díom sular fhágas an tigh.'

Ach bhí an tuáille beag fliuch á oibriú cheana féin ag an mbanaltra dá fheabhas agus bhí sé ag iarraidh a ghreim a choimeád ar an bhástchóta.

'Abair léi, a Cheaite, abair léi gur síos atá an t-iomard.'

Leis sin a tháinig an mháthair thar n-ais ag triall ar Cheaite.

'Cá bhfuil mo threabhsar, a Nóra?' a deir sé. 'Táimse ag dul abhaile anocht.'

'Ó, a Dhaid, ceap do shuaimhneas ansan anois agus bíodh codladh na hoíche agat. Tiocfaimid ag triall ort ar maidin.'

Níor fhreagair sé í. Chuir sé an dá shúil tríthi agus ansan trí Cheaite, agus d'iompaigh sé isteach ar an bhfalla.

Dúirt an mháthair leis an mbanaltra súil a choimeád air, le heagla go mbeadh sé ag iarraidh éirí chun dul abhaile. Ní raibh cor as feadh na hoíche. Ach nuair a chuadar chuige leis an mbricfeasta ar maidin bhí sé bailithe leis abhaile rompu . . . bhí sé caillte.

Bhí an tuairisc tagaithe ón ospidéal roimh Cheaite tráthnóna. Chaill sí a ciall. Scread sí agus bhéic sí.

'Níl sé caillte, níl, níl! Ná raibh sé ag caint linn aréir. Bhí sé *alright* aréir.'

'Seo, seo, anois,' a deir an mháthair, á ceansú. 'Ná dúirt sé linn aréir é ach nár thuigeamar é. Bhí an t-aos ann. Bhí cúig mbliana aige ar Neain.'

'Ach bhí Neain breoite. Ní raibh faic ar Ghraindeá ach a chos a bheith briste.'

'Bhí a chroí briste, a Cheaite. Tá uaigneas orm, agus beidh uaigneas orm, ach an gcreidfeá go bhfuil áthas orm, leis.'

'Áthas? Graindeá a bheith caillte?'

'Áthas suaimhneas a bheith aige. Ní shocródh sé síos go deo anso. Ó, an jab a bhíodh agam é a chur as an leaba ar maidin! Le bladar a d'íosfadh sé an greim bidh féin. Thugadh sé an lá ansan agus ní fheadair sé cad ba cheart dó a dhéanamh leis féin, ach é isteach is amach, isteach is amach agus gan focal as. Bhí sé thar n-ais ina bhaintreach arís. Théadh sé trí mo chroí bheith ag féachaint air. A Cheaite, bhí Graindeá bocht caillte ón lá a tháinig sé go *Meath*. Beidh suaimhneas aige anois ina teannta féin i gCill Mhuire.'

Níor chuaigh Ceaite ná Pól ar shochraid Ghraindeá.

'Tuige a mbeifeá ag tarrac na ngasúr sin leat, turas mór fada?' a deir Mrs Welby. 'Tabharfaidh mé féin aire do Phól agus féadfaidh Ceaite codladh le Sara.'

'Ach teastaíonn uaim dul ann,' a deir Ceaite.

'B'fhearr liom go bhfanfá i dteannta Phóil. Braithfidh sé stróinséartha sa tigh sin.'

Suite aniar sa leaba le Sara, bhí Ceaite ag iarraidh Graindeá a shamhlú in éineacht le Neain, sciatháin orthu araon agus iad ag eitilt timpeall na bhflaitheas i measc na n-aingeal. A n-anamacha, gan dabht – bheadh a gcorp i gCill Mhuire. Cén saghas rud anam, nó *immortal soul* mar a thugaidís air sa Teagasc Críostaí ar scoil? Ní fhéadfadh sí aon mheabhair a bhaint as na focail mhóra Bhéarla sa Teagasc Críostaí. Cad a dhéanfadh sí nuair a bheadh sí ag dul fé láimh easpaig agus an sagart á ceistiú?

Leis sin chonaic sí Mrs Welby ag gabháil isteach thairis an bhfuinneog agus í ag cuimilt deor as a súile.

'Cad tá ar do Mham?' a deir sí le Sara.

'Céard?'

'Bhí sí ag gol. Canathaobh go mbeadh sí ag gol mar gheall ar mo Ghraindeása? Ní raibh aon aithne aici air.'

'Á, ní faoi sin é. Bíonn sí mar sin chuile oíche.'

'Ach canathaobh . . . tuige?'

'Ní tada é.'

'Á, inis dom, a Shara, tuige?'

'Bhuel, thiar sa mbaile, bhí teach Mhamó i ngar dúinn, agus chuile oíche nuair a bheadh muide curtha a chodladh ag mo Mhama, théadh sí ag cuartaíocht ann. Agus ó tháinig muid anseo, chuile oíche téann sí siar ag an sconsa, seasann sí air agus bíonn sí ag breathnú siar agus ag caoineadh. Ansin tagann sí isteach agus bíonn sí ceart. Mar a dúirt mé leat, ní tada é.'

Nuair a thánadar thar n-ais tar éis na sochraide, ní hé Graindeá is mó a bhí á cháiseamh ag an máthair, ach conas a bhí gamhna curtha isteach ag Scanlain sa tigh.

'Is dócha gurbh é an T.D. sin a thug an teideal dó, nuair nár fhéad sé *Meath* a fháil dó. Ó, bhíodar tógtha amach aige sula dtána, maith an bhail air go raibh, ach bhí rianaíocha a gcuid sciodrála fós ar mo *stove* deas. Níl aon chead ag éinne barra méire a ligint ar an dtigh sin go ceann bliana, le heagla go mbeimis ag teacht thar n-ais.'

'Ach nílimid, an bhfuilimid?' a deir Ceaite. 'Deir Sara go bhfuil *cinema* ar an mbaile mór agus go mbíonn pictiúirí le feiscint ann, *cowboys* agus gach aon ní. An bhféadfaimis dul ann uair éigin? Agus níl Baile Átha Cliath ach uair an chloig uainn ar an mbus! An bhféadfaimis dul go dtí an zú ann uair éigin?'

Caibidil IX

Diaidh ar ndiaidh chuas féin i dtaithí *Meath*. Téann leanaí i dtaithí aon ní, sin é mar dhein an nádúr iad, ar mhaithe leo. Ní fada go raibh Baile an Tobair agus an saol ann curtha tharam agam in íochtar mo chuimhne i dteannta Ghraindeá. Go dtí seo. Gur tarraingíodh thar n-ais ann mé gan choinne inné. Gur greamaíodh istigh ann mé idir dhá charraig inniu. An anso atá fód mo bháis? Nárbh ait é dá dtiocfaí ar mo chonablach anso, i gcionn céad bliain, abair, clúdaithe le gaineamh séideáin. Conablach anaithnid. Chuirfí i gCill Mhuire é. Samhlaím Graindeá nuair a chífeadh sé chuige mé.

'A shíofra beag, nó cad a thug in airde ar an gcarraig tú?'

Fastaím leis na smaointe aite seo. Ní i mullach cnoic atáim, ná greamaithe i maidhm sléibhe. Beidh lucht cuardaigh amuigh anocht fós agus arís amárach. Má fhéadaim an fód a sheasamh . . . idir an dá linn . . .

Chuaigh mo mháthair, leis, i dtaithí *Mheath*, cé gur sia a thóg sé uirthi sin. Ina dhiaidh san, nuair a bhímis ag trácht air, deireadh sí, 'Is mó rud a dheineann tú nuair a chaitheann tú é a dhéanamh.'

'Thit rud amach luath go maith tar éis dúinn aistriú,' ar sise liom aon lá amháin, 'a chuir ag breith buíochais le Dia mé gur aistríomar: an *Lady* a bheith tagtha go Baile an Tobair, tigh Bhurke.'

'Cén *Lady*?'

'T.B. Sin é a thugaimis uirthi le sceimhle roimpi. Ní bhíodh sí sásta choíche le haon duine amháin a bhreith léi. Máiréidín agus an cúpla . . . '

'Ní dúraís riamh liom é.'

'Bhís ró-óg, agus bhí a fhios agam ná cloisfeá ó éinne eile é. Ach thugtása do shaol tigh Bhurke. Siúrálta, dá mbeimis fós i mBaile an Tobair . . . Agus bhí aon mhaith amháin eile a dhein *Meath* domhsa. Ar deireadh thiar thall, bhíos ábalta Pádraigín a chur as mo cheann.'

'Conas? Cad tá i gceist agat?'

'Riamh anall ón lá a cailleadh é, ba é an chéad chuimhne ar maidin agam é, agus an cuimhne déanach istoíche, agus seacht n-uaire tríd an lá féin.'

'Arbh é an dúthaigh stróinséartha a dhein an mhaitheas duit?'

'Níorbh é. Le seans a tharla sé. Lá dá rabhas sa bhaile mór, chuas thar dhoras sa tséipéal, agus chonac go raibh misean ar siúl, agus sagairt ag éisteacht faoistine. Isteach liom i gceann de na boscaí, agus bhíos ar mo dhá ghlúin nuair a chuimhníos orm féin. Ní raibh na paidreacha foghlamtha fós agam as Béarla. D'éiríos go tapaidh, ach ní rabhas tapaidh mo dhóthain. Bhí an fhuinneoigín oscailte ag an sagart. Mhíníos dó conas a bhí agam.

Arú, nach ó Uíbh Ráthach mise, a deir sé as Gaolainn, seo leat agus dein d'fhaoistin.

Dheineas, agus ansan thosnaigh sé ag caint liom, ag fiafraí cá rabhas ag cur fúm, cad as a thána agus conas a bhíomar ag socrú síos. Bhí sé chomh deas, chomh muinteartha, rith sé liom Pádraigín a tharrac chuige, conas a bhíos fós á agairt ar Dhia, agus ná féadfainn é a chur as mo cheann. Lig sé dom bheith ag caint liom, agus chuireas de mo chroí gach aon ní, agus é ag éisteacht liom agus ag cur focal isteach anois agus arís. Ó, an faoiseamh a fuaireas, gach aon ní a rá amach.

Ní bheidh tú buartha feasta, a deir sé ar deireadh,

déarfadsa Aifreann duit maidin amárach agus seo *medal* duit agus caith i gcónaí í. Beannacht Dé agat anois.

Agus an gcreidfeá é, as san amach, bhíos ceart. Ana-annamh go deo a chuimhnínn ar Phádraigín, agus nuair a chuimhnínn, is i mbaclainn Ghraindeá i gCill Mhuire a shamhlaínn é, agus bhínn sásta.'

'Ach cén mhaitheas a bheadh sa *mhedal*?'

'Ó, ní raibh inti sin ach comharthaí sóirt. An tslí a bhíos ábalta mo chroí a nochtadh dó a dhein é, b'fhéidir, agus an chomhairle a thug sé dom, an tAifreann, an bheannacht, ní fheadarsa cad a dhein é, ach sin é mar a tharla. Conas a dheineann síceolaithe an lae inniu maitheas do dhaoine a bhíonn trína chéile? Féach, dá mhéad doichill a bhí orm ag dul go *Meath*, go dtáinig maitheas éigin as. A mhalairt a thit amach do d'athair bocht dá mhéad fonn a bhí air chuige.'

M'athair. Luigh sé amach air féin ag obair. Ní mór an chabhair a d'fhéad Larry a thabhairt dó. Fuair sé jab ar an mbaile mór ag tógaint tithe, chun costas Mheiriceá a dhéanamh. Ach ansan, tháinig an cogadh, agus is go Sasana a chuaigh sé, agus bhíodh eagla orainn go marófaí sa bhuamáil é. Mar gheall ar an gcogadh agus an t-ordú a thug an Rialtas breis churadóireachta a dhéanamh, bhí m'athair ábalta breis talún a fháil ar léas. Bhí sé tuigthe aige fén am sin go raibh an fheirm a fuair sé róbheag, róchúng. Ach tar éis an chogaidh ní raibh an talamh so le fáil a thuilleadh aige. Agus ní sásta a bhí sé.

Ach díreach ansan cuireadh feirm na Welbys ar ceant - bhíodar imithe thar n-ais go Conamara. Cheannaigh m'athair í. Bhí sé ag súil ansan nuair a bheadh a shásamh bainte as Sasana ag Larry go dtiocfadh sé thar n-ais, ach bhí tionóisc ag Larry. Falla a bhí bogtha ag an mbuamáil, thit sé air agus maraíodh é. Bhris seo croí m'athar. Bhí Pól imithe cheana féin. Chuaigh sé go meánscoil a bhí ag ord misean, agus ina dhiaidh san, luigh sé leo agus deineadh sagart de, le dul chun na hAfraice. Theip an tsláinte ar m'athair. Chaitheadar an fheirm a dhíol. Go bungaló beag ar imeall Bhaile Átha Cliath a chuadar chun cónaithe. Ba bhreá le mo mháthair é, é in aice an tséipéil agus na siopaí agus gach aon ní. Má bhí aon chuimhne ag éinne de mo chlann ar m'athair ón gcúpla turas a thugaimis ó Shasana, is ina sheanduine craptha cancrach é, ag imeacht roimis ar fuaid an ghairdín agus ag tarrac lena mhaide ar bhláthanna mo mháthar, 'Cad ar a maith iad?' aige.

Bhí *Meath* go maith domsa, leis. Is ann a bhuaileas le Tom. Bhíomar in aon bhliain sa cheardscoil ar an mbaile mór. Bhíomar i gcoinne a chéile i ndíospóireacht mar gheall ar na *migrants*! A athair sin a bhí ar dhuine de na daoine ba mheasa a bhí in aghaidh talamh *Mheath* a bheith á thabhairt do mhuintir an iarthair! Bhuailimis le chéile níos déanaí ag rincí a bhíodh timpeall aimsir na Nollag nuair a thagadh na daoine óga abhaile ó Shasana. Chaill a athair a chiall nuair a chuala sé mé féin agus Tom a bheith mór le chéile. Níos mheasa ná san arís a bhí m'athair féin. Chuas go Sasana go dtí Larry. Lean Tom mé. Phósamar ann. B'in é an chéad phósadh idir *migrant* agus dúchasach. Diaidh ar ndiaidh, lean a thuilleadh. Diaidh ar ndiaidh, tháinig an dá thaobh isteach lena chéile. Éinne amháin anois iad.

Thógamair cúigear clainne i Sasana. Agus nuair a bhíodar curtha i gcrích againn, agus sinn ag tnúth le cúpla bliain suaimhneasach i dteannta a chéile, briseadh an múnla. Dar ndóigh, caitheann páirtí amháin imeacht roimh an bpáirtí eile. San nó déanamh mar a deintí sa domhan toir fadó, an bhean a dhó ag sochraid a fir . . .

Tá an tráthnóna ag doirchiú. Braithim chugham glór. Ná habair gur toirneacha atá chugham, leanódh díle bháistí iad san. Ach ná beadh splancacha le feiscint roimh ré? Fan, glór gluaisteáin atá ann. Chím chugham ón dtráigh anoir a chuid soilse geala tríd an ngiolcach! Cabhair Dé chughainn, tá agam!

Screadaim agus béicim agus croithim mo dhá láimh san aer. Ach geibheann sé tharam agus chím a chuid soilse dearga ag imeacht uaim, a ghlór ag ísliú, go n-imíonn sé ar fad. Tá an paróiste thiar bainte amach aige. Táim fágtha ar an bhfán! Siosarnach na giolcaí arís im chluasa, mar a bheadh sí ag magadh fúm, ag rá, 'Maith an scéal tú, cad a thug anso tú, ag bradaíl inár measc?'

Mé féin a dhein an dearmhad. Conas a chífidís anso cliathánach mé, san amhdhoircheacht? Bhí sé ceart agam rud éigin a chaitheamh leis an ngluaisteán, agus féach, bhí gairbhéal ansan i gclais idir dhá charraig agam. Ródhéanach anois. Ach fan, cad é seo? An glór arís, na soilse geala ag déanamh orm thar n-ais. Ní fada a chuaigh sé! Tapaidh, dorn den ghairbhéal, dhá dhorn! Crústach cruaidh, tapaidh, má bhristear gloine na fuinneoige féin!

Níor briseadh, ach stad an gluaisteán. Amach as le beirt fhear agus an gomh orthu. Ach nuair a chonaiceadar mise agus an cás ina rabhas, alltacht a tháinig orthu.

'Cheapamar gur leaideanna óga a bhí ann,' a deir duine acu. 'Chun seoigh a dheineann a leithéidí é, ach thabharfaimisne seo dóibh.'

Le cabhair téide agus gluaisteáin, bhogadar an charraig thosaigh agus bhíos ábalta mo chos a tharrac aníos.

'Níl sí briste,' a deir fear acu, á láimhseáil. 'Ach le heagla na heagla, ná cuir fút í go gcífidh dochtúir í.' Thógadar eatarthu mé isteach i gcúl an ghluaisteáin mar a raibh gunnaí agus málaí fiaigh.

Ag foghlaeireacht a bhíodar, siopadóir ón mbaile mór agus cara dó a bhí tagtha don ndeireadh seachtaine.

'Bhí seans leat go ngabhamar chughat,' a deir an siopadóir. 'Go dtí na sléibhte a bhíodh síos an treo san a bhíomar ag dul, ana-áit naoscach uair, cearca fraoigh leis, ach níl aon sliabh ann a thuilleadh. Tá míntíriú déanta ar an áit ar fad. Cathain a tharla sé sin?'

'Ní fheadar,' a deirimse, 'stróinséir sa dúthaigh mise.'

Chonac an cheist ina súile, ach go rabhadar róbhéasach chun í a chur. In ainm Dé, cad a bhí ar siúl agam im Lorelei in airde ar an gcarraig? Chaithfinn míniú éigin a thabhairt, ach cad déarfainn?

Thosnaíos. 'Ar an dtráigh thíos a bhíos ag snámh nuair a chonac an ghiolcach.' Bhí san fíor. 'Ní raibh uaim ach dorn di a phriocadh.' Bréag. 'Bíonn sí deas i dteannta bláthanna.' Fíor. 'Bím ag cóiriú bláthanna ar altóir ár séipéil.' Go maithe Dia dom an bhréag sin. 'Ach bhí an lá chomh breá, agus nuair a chonac go raibh slí tríd an ngiolcach, tháinig fonn siúil orm.' Fíor. 'Chuas níos sia ná bhí i gceist agam dul. Ag glacadh sosa a bhíos ar an gcarraig uachtair nuair a shleamhnaíos.' Bréag eile. Ach nach cuma cé acu, fíor nó bréag, ghlacadar leis an míniú agus thiomáineadar go dtí an dtigh ósta mé.

Chím chugham é, a chuid fuinneog go fáilteach fé bharr lasrach. Sin é Marc lasmuigh, ag siúl síos suas, ag faire amach dom. Agus istigh ag feitheamh liom, tá an fear beag. Is fada liom go bhfeicfidh mé a gháire mantach chugham aníos . . .